續
為美好的世界獻上爆焰！
2
任性鬼剋星
Kadokawa Fantastic Novels

為美好的世界獻上爆焰！續 任性鬼剋星 2

CONTENTS

芸芸
惠惠

續 為美好的世界獻上爆焰！

2

任性鬼剋星

暁なつめ

illustration 三嶋くろね

Kadokawa Fantastic Novels

序章

「我們去冒險我們去冒險我們去冒險！我們也差不多該去冒險了吧！」

「我不要我不要我不要！外面還在下雨耶，改天再說啦！妳看，學學人家阿克婭，天氣這麼差她還是一直都那麼開心喔。」

我還覺得最近這陣子惠惠也變得比較聽話，開始長大了，結果今天鬧脾氣鬧得比平常還凶。

「因為下雨天對阿克西斯教徒而言就像是感恩節啊。而且阿克婭的心情總是那麼好。」

從早上就一直貼在窗邊哼著歌，看起來心情很好的阿克婭表示：

「等一下，不要把人家說得像是一年到頭都沒有煩惱的樂天派一樣好嗎？要是我認真起來，甚至可以把阿克塞爾變成湖上都市喔。如果不希望水之女神長年居住的這個城鎮變成阿克西斯教徒的聖地的話……本來只是說來嚇唬你們的，不過我開始覺得這樣也不錯了。夏天比較熱的時候還可以在湖底睡午覺。」

「要是妳真的敢這樣搞，我就在湖裡撒蟾蜍蛋。」

對於這樣的我們，在沙發上打著毛線的達克妮絲說：

「我知道最近一直下雨讓人很鬱悶，不過偶爾悠閒地待在家裡也還不壞吧？晚一點我再陪惠惠去解決例行公事就是了，在雨季結束之前，我們就過上一陣子悠悠哉哉的生活吧。」
說完，她將對桌子上的毛線球顯得很有興趣的點仔抱到大腿上，微微一笑。
「等一下，達克妮絲，在我面前說雨天的壞話我可不能當作沒聽到喔。應該說妳從剛才開始就在編織什麼東西啊？織抹布的話我三兩下就可以完成了，交給我吧。」
「這不是抹布而是圍巾……啊啊！」
在達克妮絲回答之前，阿克婭已經隨手抽走她手上的東西。
「嗚嗚……努力的結晶被變成抹布固然讓我大受打擊，但身為女性的技術輸給阿克婭才是最令人難受的……」
最近這幾天快要織好的神祕物體轉眼間就被變成抹布，讓達克妮絲的表情變成哭臉。
這時，惠惠用力拍了一下桌子。
「和真，你聽好了。我們是冒險者！沒錯，靠打打殺殺混飯吃的冒險者怎麼可以因為一點小雨就窩在家裡呢！」
「一點小雨那種藐視的說法我可不能聽過就算了。小心我讓紅魔之里整年都下雨喔。」
「紅魔族連改變天候的魔法都會用。我們可不會屈服於那種威脅！」
被阿克婭插嘴搗亂的惠惠不甘示弱地回嘴。
「真是的，妳搞什麼啊，怎麼今天特別亢奮……至少等到雨季結束再說吧。到時候無論是要冒險還是要幹嘛我都奉陪就是了。」

「……真的嗎？雨季再過幾天就要結束了喔。」

惠惠以懷疑的眼神看著我。

「等雨季結束之後到了明年再說……」

「今年還剩下一大半耶！走嘛，陪我去冒險，我給你食堂的折扣券。」

眼見事情無法如願，惠惠憤而從她薄薄的錢包裡抽出一張票券，在我眼前晃來晃去。

但我只想說會被那種東西釣到的只有妳而已。

「吶，惠惠，不如來和我一起觀察這根長在窗框上的神祕菇類嘛。這根菇是雨季開始之後沒多久長出來的，偶爾還會發光喔。」

「喂，妳等一下。那是正常的菇類嗎？偶爾會發光是怎麼回事？」

正當我一時好奇想看看阿克婭一直在觀察的菇類時，惠惠已經伸手將那根菇拔了起來。

「這種東西算什麼啊！看我晚上拿來加菜！」

「啊——！惠惠妳這是在做什麼啊——！拿噴霧器澆水的時候，這個孩子還會開心地抖動耶！我才覺得它最近越看越可愛了說！」

不，那肯定不是菇類吧。

「大家都不想去冒險的話，我就要一個人去了喔！你們都無所謂嗎！要是我經歷了一場大冒險，之後你們再怎麼羨慕我也不管喔！」

「儘管去、儘管去。最好是盡情表現立個超大的功勞再回來。」

聽我這樣隨口敷衍，惠惠的眉毛越挑越高……

「要出門玩是無所謂，不過晚餐以前要回來喔。」

「要去別的地方的話記得買紀念品回來。」

「你們三個傢伙！沒關係，我要讓你們好好見識一下我的實力！到時候你們後悔也來不及了！」

我們家最沒耐性的魔法師這麼說完，便出門冒險去了——

第一話
王都之雨！

1

「——事情就是這樣，所以我來找隊友了。」

「不好意思……各位冒險者都是很認真在工作，如果是來鬧場或是想玩冒險遊戲的話，麻煩找妳的朋友……」

在阿克塞爾的冒險者公會。

對和真大放厥詞的我一開始就踢到鐵板了。

「我明明是認真說想要冒險，為什麼要當成我是來鬧場或是玩遊戲的啊！大姊姊也知道我的實力吧！如果還是新手時候的我，找不到同伴我可以理解。不過，如今我已經是擁有許多成就的高等級大法師了喔，現在是這樣的我在說要陪那些弱雞冒險者出任務耶。」

「我覺得惠惠小姐應該還是在佐藤先生他們的小隊裡，才最能發揮實力吧……我姑且會張貼招募隊員的告示，不過妳可別太過期待喔。」

說著，櫃檯的大姊姊正打算離開現場。

「可以的話，最好是能夠配得上我的高等級，或是上級職業的小隊。」

「這裡是新進冒險者的城鎮耶！要一開始就把門檻拉到那麼高嗎！」

大姊姊沒有把我的叮囑當成一回事，將招募告示貼到公布欄上之後就回到櫃檯去了。

——三個小時後。

「大姊姊，不好意思。完全沒有人來找我入隊耶。」

「我覺得這是理所當然的吧……」

因為沒有任何人來而感到不耐煩的我來找櫃檯的大姊姊抗議。

「是不是大家面對擁有最強力量的魔法少女都會心生敬畏啊？不然我自己主動詢問好了，可以告訴我幾個推薦的人選嗎？」

「推薦的人選是嗎……？聽了妳剛才的發言之後，迅速轉過頭去的那位艾席雅小姐。在後面那邊對我擺出祈禱般的姿勢的安迪先生。還有……」

我順著有口難言的大姊姊的視線看過去……

看見的是坐立難安地不住偷瞄的我們的紅魔族繼任族長。

「……那個麻煩不要。」

「為什麼啊啊啊啊啊啊啊啊啊！」

芸芸淚眼汪汪地往這邊衝了過來。

「一個小隊裡面要兩個大法師做什麼啊！……應該說，我一心以為芸芸從紅魔之里回來之後就和其他冒險者組隊了，妳的邊緣人症候群還沒治好嗎？」

我一邊嘆氣一邊這麼問她。

不久之前我們去紅魔之里接受族長考驗，並且順利歸來。

那個時候，我還好心告訴芸芸她在阿克塞爾的冒險者公會意外地受人賞識，自己主動開口的話根本不會有人拒絕她。

「關、關於這件事……我也有動過找人搭話的念頭，可是試了好幾次，時機總是搭不太上……」

……時機？

「妳也知道嘛，一大早就來到公會，接下來只等著接任務的那些人都是已經湊齊隊員，做好萬全準備的對吧？我總不能在那種狀況下說要加入，打亂他們好不容易才擬好的一日計畫……話雖如此，完成任務之後回來的那些人更是剛結束一天的工作，我也不好在他們正累的時候搭話……」

「妳這個孩子還是一樣顧慮一些奇怪的地方耶！這種時候只要硬起來叫他們讓妳加入就好了！只要妳開口，不管哪個小隊都會點頭答應！……不過既然是這樣的話，妳去看招募隊員的告示，然後去找缺人的小隊不就得了？」

魔法師和恢復職業的人選很少，所以有很多空缺。

我想應該不至於沒有任何招募告示才對……

「我姑且也看過告示了，但是大家在找的都是魔法師……妳也知道，我的職業是大法師……」

「不就是魔法師的上位職業嗎，又不會怎樣！真是的，妳這個孩子真的沒有人照顧不行耶……！」

我從忸忸怩怩的芸芸身後抓住她的肩膀，然後用力往前推出去，讓公會裡的所有人都看得到她。

「有沒有人要大法師啊？這個孩子正在找隊友。不只中級魔法，就連上級魔法和瞬間移動魔法都能運用自如，是高等級的紅魔族喔！」

聽見我的宣言，整個公會為之譁然。

「真的假的！芸芸小姐在找隊友嗎！」

「我、我們的小隊以這個城鎮的水準而言等級偏高，應該還算配得上芸芸小姐……！」

「喂，你們隊裡已經有魔法師了吧！我們也想要會用魔法的人啊！」

「我們的小隊全都是女生，我想芸芸小姐應該跟我們比較合得來……！」

就在大家自顧自地說個沒完，吵鬧到聽不出到底是誰在說什麼的時候。

「然後，最重要的就是本小姐！擅使爆裂魔法的本小姐也會一起加入小隊！好了，自認捨我其誰的人都聚集過來吧！」

聽見我最後補的這一句話，公會裡面陷入一陣寂靜。

——搞定了。

好了，接下來只要找出條件最好的小隊……

「……喂，怎麼辦？芸芸小姐是很有吸引力，但那個跟班……」

「嗚嗚，怎麼辦……正宗的紅魔族我們想要得要死……！可是，交換條件卻讓人無法忽視……」

「跟班的震撼力太強烈了。那傢伙肯定會闖禍喔，你們也知道和真有多辛苦吧……」

…………………

「惠、惠惠說的是真的耶……嘿嘿嘿，怎、怎麼辦？雖然大家七嘴八舌的不知道在吵什麼，不過照這樣看來應該有小隊願意收留我吧……等一下，妳是在詠唱什麼啊啊啊啊啊！」

「看吧，我就知道！跟班開始做亂了！」

「有沒有人會用拘束技能！那個傢伙的等級太高了，所以很難憑蠻力壓制她！」

「快點逮住把她攆出去！」

「各位冒險者，這是緊急任務！誰快來阻止惠惠小姐！報酬為三千艾莉絲……！」

──被攆出公會的我在商店街的屋簷底下避雨，同時大口吃著攤販賣的串燒。

「多虧有我才讓妳賺了一筆呢。芸芸也趁熱吃吧。」

「趁熱吃妳個頭啦！吶，為什麼！為什麼妳老是要成為我人生中的阻礙啊！一起接受紅魔族的考驗的時候也是，動不動就施展爆裂魔法害我失去資格！……妳自己吃到塞滿嘴是怎樣啦啊啊啊啊啊啊啊！」

登時暴怒的芸芸雙手夾住嘴裡塞滿串燒的我的臉頰，用力擠壓。

「勿手，和食物有關的偶可無會隨驗了事喔！再壓下去偶嘴巴以面的東西會昏出來！」

我好不容易才將她的手拉開，一邊把嘴裡的東西吞下去，一邊遠離淚眼汪汪的芸芸。

「難得剛才的感覺還不錯的說，搞成那樣害我丟臉到不敢再搭話了啦！吶，妳要怎麼賠我！我也想要同伴啊！」

「同為紅魔族的我就是妳的同伴啊。壓制自己同伴換取報酬的人竟然還敢說這種話。」

「怎樣啦，懸賞三千艾莉絲……好痛好痛，妳住手啦！」

我手上教訓著幫我亂取失禮綽號的芸芸，同時忽然察覺到一件事。

問題在於我在這個城鎮太過出名。

既然如此，乾脆到一個沒有人知道我們負面評價的城鎮去，不知道會怎樣？

「這麼說來，惠惠為什麼突然開始招募隊員啊？和真先生呢……咦……怎、怎樣？妳怎麼了？」

想到這裡，我伸出手，放在事到如今才問這種話的芸芸肩上。

2

「……總之事情就是這樣。妳明白了吧？」

「再明白不過了！我終於明白妳有多愚蠢了！」

眼睛的顏色因為亢奮而變成鮮紅色的芸芸聽完我的說明，便如此痛罵我。

「喂，平常擺出一副和我是朋友的態度，現在說這種話未免也太過分了吧！這種時候應該要安慰我說『和真先生好過分喔～～妳的心情我能懂～～不如我們去吃好吃的東西吧？當然是我請客！』這樣才是好姊妹吧！」

「那種膚淺的往來方式才不能算是真正的朋友！而且，我非常能夠體會和真先生的心情！因為……」

芸芸一邊以誇大的手勢指著周遭。

「因為！這裡可是城堡耶！」

一邊帶著哭腔如此喊叫。

「喝過熱紅茶之後，應該稍微冷靜下來了吧？不好意思，我還要再續一杯紅茶。」

這裡是遠離阿克塞爾的王城裡面。

靠著芸芸的瞬間移動魔法飛到王都來之後，擁有熟客特權的我們被帶到會客廳來。

「冷靜下來了啦……不好意思，我剛才那樣大吼大叫，真的非常抱歉。我只是上了這個人的當，才會被帶到這裡來，請不要判我死刑。」

「妳沒頭沒腦的在說什麼啊！進個城堡而已，不會因此被當成欠砍的刁民啦！」

芸芸將老執事為我們泡的茶一飲而盡之後，以懷疑的眼神盯著我看。

被我一句「請相信身為朋友的我」慫恿之下便傻乎乎地跟到這裡來的芸芸，似乎疑神疑鬼了起來。

「不用擔心，我來這裡只是為了找基層人員一起去冒險罷了。」

「基層人員？……吶，惠惠，我有種非常不祥的預感……」

眼見芸芸的臉色變得越來越蒼白的同時，老執事為我泡了續杯的紅茶過來。

「惠惠小姐，請用茶。茶點已經不需要了嗎？」

「剩下的點心我要帶回去給大家吃，請幫我包起來。」

「臉皮太厚了吧！不、不好意思，我又大呼小叫了……」

正當芸芸害羞地縮成一團的時候，有人輕輕敲了門。

只見緩緩開啟的門後面……

「啊啊……我就知道……」

面對一臉絕望，眼中湧現淚水的芸芸。

「頭目大人、芸芸小姐，歡迎來到城堡！然後我得向芸芸小姐正式自我介紹。綢緞盤商的孫女和盜賊團的基層人員依麗絲是我偽裝用的身分……我的本名是愛麗絲。全名是貝爾澤格．史岱歷什．索德．愛麗絲！」

帶著隨伺在左右的克萊兒與蕾茵的愛麗絲，笑容滿面地這麼說——

「——事情就是這樣，所以我來約妳去冒險……」

「我要去！」

說明過事情的來龍去脈之後，愛麗絲沒聽我說到最後便如此秒答。

「不可以去！愛麗絲殿下，請不要說那種傻話！」

「就是說啊，愛麗絲殿下，請您自重！惠惠小姐也請不要邀殿下去玩那種傻氣遊戲！」

兩人紛紛出言挽留愛麗絲，但她忽然收斂起表情。

「克萊兒……我知道妳對我忠心耿耿，把我看得很重要，這點我非常清楚。」

「愛、愛麗絲殿下……？」

正當克萊兒因為愛麗絲一臉認真地對她這麼說而感到困惑時，愛麗絲輕輕以雙手包住她的手。

「但我是貝爾澤格的公主。是以武力聞名的這個國家的第一公主愛麗絲！克萊兒，相信妳所侍奉的人吧。長久以來受到妳們保護的我，如今已經是屠龍英雄了。沒錯，下次換我保護克萊兒了。我要以貝爾澤格的公主的身分，保護這個國家免受邪惡魔物們的侵襲！」

「愛麗絲殿下啊啊啊啊啊啊啊啊啊！」

哭得滿臉涕泗縱橫的克萊兒緊緊巴在愛麗絲的腰部。

「我、我克萊兒侍奉愛麗絲殿下這麼多年，今天是最令我開心的一天了！……我知道了，我再也不會多說什麼了！我要相信已經成長的愛麗絲殿下，祈禱殿下能夠平安歸來！」

說完，嚎啕大哭的克萊兒把臉埋進愛麗絲的胸口。

儘管因為洋裝被弄濕而露出有點傷腦筋的表情，愛麗絲仍然雙手輕輕握拳。

「好耶。」

「一點也不好啊，愛麗絲殿下！克萊兒大人也別被蒙混過去了！愛麗絲殿下剛才說的那些和殿下出去冒險的必要性完全無關吧！」

「嚇！對、對喔，這麼說來確實如此！愛麗絲殿下，現在這個國家並沒有面臨危機，不需要您親自出馬去虐殺魔物！」

聽了蕾茵那番話才恢復正常的克萊兒猛然站起來，同時厲聲這麼說。

而愛麗絲抬起頭，一臉哀傷地對這樣的兩位忠臣表示：

「……克萊兒和蕾茵不願意答應我的請求嗎？」

「您說什麼我都答應。」

「請不要答應啊，克萊兒大人！愛麗絲殿下，您是什麼時候學會耍那種小聰明的？算我拜託您，請不要讓我們頭痛……！」

就是說啊，真不知道是哪個傢伙教她這種事情的。

看見愛麗絲使出那種彷彿某個尼特的詐術，害我不禁覺得雖然沒有血緣，但他們真不愧是兄妹。

姑且不論已經形同淪陷的克萊兒，蕾茵依然在頑強抵抗……

然而愛麗絲鼓起臉頰，使出必殺技。

「……我好像開始討厭妳們了。」

「您說的這是什麼話啊，愛麗絲殿下！應該說克萊兒大人呼吸都快停止了，唯有那句話千萬不可以說！」

撐著突然癱倒的克萊兒，蕾茵如此大喊，好像都快要哭出來了。

愛麗絲見狀，嘆了口氣。

「真拿妳們沒辦法。我知道了，既然說了這麼多都無法說服妳們兩位，那我換別的方式讓妳們接受好了。」

「愛麗絲殿下，您想堅稱剛才那些是在說服我們嗎！無論您怎麼做，我蕾茵都不會信服的！愛麗絲殿下一而再、再而三地逃出王城，已經害我被罰減薪了！」

蕾茵防範著愛麗絲的下一招，卻也擺出架勢，一副要來儘管來的態度。

「妳們兩位來訓練場一下。」

「……啊？」

依然擺著架勢的蕾茵聽見愛麗絲這麼說歪了一下頭，隨後臉色開始發青。

「我即使到外面去也不會敗給魔物，接下來我要向妳們兩位證明這件事……」

「路上小心，愛麗絲殿下。」

在愛麗絲說完之前，蕾茵已經做了一個漂亮的行禮。

3

「回頭妳要向那兩位護衛替我們美言幾句喔。否則下次開始，我們連門都進不去了。話說回來，妳不知不覺間成長茁壯了不少呢。」

「我會買伴手禮回去給她們的。外面的世界有許多有用的知識。今天我也要努力進行社會學習。」

離開王城之後，我們帶著心情大好的愛麗絲前往冒險者公會。

「話說回來，王都附近的魔物多半都很強。儘管愛麗絲再怎麼厲害，也不可以掉以輕心喔。不過，情況危急的時候儘管依靠我們就對了。畢竟這裡有兩個舉世聞名的紅魔族嘛。」

「就是說啊！我會用的攻擊魔法相當有限，所以很期待兩位施展各式各樣的魔法！」

「我、我這個人不太喜歡那些小花招似的魔法，所以會展現給妳看的大概只有一招就是了。如果妳想看各式各樣的魔法，就拜託芸芸吧。」

說到這裡，我忽然察覺到一件事。

有個傢伙從剛才開始就沒開口。

「怎麼了，芸芸？妳今天顯得格外文靜呢。」

在我對芸芸這麼說的同時，她已經跪下來對愛麗絲磕頭了。

「不知者無罪，還請殿下寬恕！大部分都是惠惠的錯！」

「妳沒頭沒腦的在說什麼啊！不要把那種欲加之罪扣到我頭上來好嗎！」

見芸芸在大馬路上跪下來向她磕頭，愛麗絲驚慌失措地表示：

「請、請抬起頭來，芸芸小姐！還請妳不要這樣……」

「我隱約之中有覺得您或許是個地位崇高的人，但萬萬沒想到竟是公主殿下！紅魔族的各位和這件事情無關，主嫌是惠惠！其中我也有一點點不對！所以，如果要有人負責受罰的話主要是惠惠！不夠的部分我也可以負責！所以，還請您饒過紅魔之里的各位……！」

「妳這個孩子說的這是什麼話啊！為什麼說得好像我是壞蛋一樣！」

看來她是在為不分地位之差的失禮舉動而道歉的樣子。

察覺是怎麼回事之後，愛麗絲紅著臉搖了搖頭。

「請妳抬起頭來。身分地位的事情我並不在意，所以如果芸芸小姐能夠像之前那樣和我相處，我會比較高興。」

「依麗絲……不對，愛麗絲殿下……」

「也不需要稱呼我為殿下。請妳就像之前那樣，繼續當我的朋友吧。」

愛麗絲對戰戰兢兢地抬起頭來的芸芸露出微笑。

「妳以前還在和真沒有對妳使用敬語的時候稱他無禮之徒呢，現在倒是變得相當平民化了嘛。」

「請、請妳忘掉那個時候的事情！那件事情我也相當耿耿於懷！」

在愛麗絲雙手摀著紅通通的臉的時候，眼睛因為不同的情緒而紅得發亮的芸芸拍了拍膝蓋，站了起來。

「謝謝妳，愛麗絲。妳願意和我這種人當朋友啊……我決定好好努力，一定要學會高等變身魔法『Shape Change』。然後，如果妳被捲入撼動國家的陰謀當中，我就可以當妳的替身，用這條命報答妳的恩情。」

「妳的發言可以不要動不動就那麼沉重嗎！」

——王都的冒險者公會。

比起阿克塞爾的公會，這裡常駐的冒險者們的素質顯然高上許多。

身上穿著看起來就很高級的裝備的冒險者們散發出強者氣場，注視著走進公會裡面來的我們。

「愛麗絲快看，這就是真正的冒險者公會。我們一行人只有三個小女孩，肯定會被找麻煩。首先，為了不被看扁，我們要狠狠教訓來找我們麻煩的小混混冒險者。這樣一來大家就會知道我們並非等閒之輩而敬重我們，然後把好賺的工作分給我們。」

「那就是兄長大人教我的，名為既定模式的儀式對吧！在阿克塞爾因為有克萊兒她們當我的護衛，所以都沒人來找我麻煩，看來這次總算可以完成儀式了！」

在我們交頭接耳的時候，冒險者們不約而同地移開了視線。

「……惠惠，妳是不是也在這個公會出過什麼包？」

「喂，不要說那種會引人誤會的話喔！」

我順著冒險者們的視線看過去，發現他們都看著愛麗絲……

「怎麼想都是因為這個孩子吧。如此明顯的金髮碧眼，只會是血統純正的上級貴族。」

聽我這麼說，愛麗絲用力抖了一下。

「也有不少人在偷瞄妳耶。」

斜眼看著我的芸芸這麼說，但我一點頭緒都……

「頭目大人之前曾經在王都在眾多冒險者面前大放異彩，原因該不會是那個吧……？」

「啊！」

「果然是妳害的嘛！」

不對，請等一下，我確實是大放異彩過，但是大家害怕成這樣太奇怪了吧。

「這樣說起來，芸芸也曾經在距離這裡稍遠的最前線堡壘和我一起大顯身手啊。我們靠和真的技能接近魔王軍，我發了爆裂魔法之後，就用妳的瞬間移動魔法逃脫——」

「那那那、那個時候！我只是負責支援，不構成令人害怕的理由吧……！」

沒錯，我們只是在對付魔王軍的時候有所表現罷了，像這樣被大家避之唯恐不及怎麼想都很奇怪。

我正想隨便抓個冒險者來問是怎麼回事，而就在這個時候——

「哈哈！妳還是老樣子嘛，氣勢十足的小姑娘！大家會那麼怕妳們是有其他理由啦。」

突然從一旁的桌邊這麼向我們搭話的，是個好像從大白天就已經喝起小酒，鼻子上有個抓傷疤痕的高大男子。

他的身旁還有個長得很漂亮但是眼神銳利，看起來很強勢的大姊姊，以及揹著斧頭的男人，三個人看著我和芸芸意有所指地笑著。

「幹嘛突然對我們搭話啊，少裝熟了。要搭訕請找別人。」

「「「咦咦！」」」

聽我這麼說，三名冒險者不知為何大吃一驚。

這時，芸芸的表情瞬間亮了起來。

「雷克斯先生！還有蘇菲小姐和泰瑞先生也都在！」

原來如此，他們和芸芸認識啊。

「芸芸有認識的冒險者還真難得啊。我想你們應該有很多話想要聊吧，那麼我和愛麗絲就先不打擾了。」

「喂————！等一下小姑娘，妳為什麼表現得那麼生疏啊！」

名叫雷克斯的男人如此吶喊，顯得有點著急。

「……？啊啊，你是之前在對付魔王軍的戰鬥中受到我的爆裂魔法的餘波侵襲，倒在地上大哭的人嗎？那時候真的很不好意思，不過戰爭當中發生那種事情也是無可奈何的吧。」

「並不是！妳為什麼一臉我們第一次見面的樣子啊！我們原本是待在阿克塞爾的冒險者啊！妳回想一下，就是妳剛到阿克塞爾還在招募隊友的時候！而且，我們還一起對付了出現在城鎮附近的惡魔啊！後來我還邀請妳成為我們的隊友不是嗎，還問妳要不要一起來王都大顯身手不是嗎！」

有這麼一回事嗎？

正當我頭上浮現問號的時候，芸芸用手肘頂了我一下。

「妳該不會是忘記了吧？以前曾經有個名叫霍斯特的惡魔出現在阿克塞爾啊，我們那個時候還一起並肩作戰耶。除此之外還一起抓過初學者殺手之類的。」

……我想起來了！

「對了，我想起來了啦！那個叫什麼雷克斯的大塊頭還瞧不起我，說我是什麼嘴砲魔導士之類的！在這裡被我遇見想必是要我完成復仇大業的天啟，儘管放馬過來吧！」

「為什麼事情會變成這樣啊！關於那件事，我在打倒惡魔之後向妳道歉過了吧，後來明明還有一段佳話，為什麼妳反而忘了啊！」

說著說著，我開始回想起來了。

沒錯，那是我還沒找和真他們組隊之前的事情。

我記得這幾個人應該是足以和魔劍勇者的小隊並列的高手。

「這不是那時嚷嚷著無論如何都要我加入你們小隊的雷克斯先生嗎？好久不見了，稍微闖出一點名號了沒啊？」

「我沒有對妳執著到那種程度吧！說、說起來我們還算是闖出了一點名號吧。不過比不上妳就是了。」

……哦？

「你知道我的事蹟啊？也是啦，畢竟都上報了嘛！所以呢，這裡都是怎麼說我的？」

「事情就要說到我剛才提過的，大家害怕妳的理由了。我都聽說了喔，妳跟一個叫和真的年輕小夥子，只是因為人家長得比較凶就說人家是小混混，跑去找人家麻煩，最後還大打出手對吧。」

啊啊，這麼說來！

「對喔，我和愛麗絲一起惹過三個小混混！原來如此，我總算知道這裡的人們為什麼都那樣看我們，心情舒暢多了。」

「原因果然是妳嘛！」

之前和真和愛麗絲曾經因為交換身體的神器而彼此互換過。

那個時候，身體變成和真的愛麗絲惹了幾個並非善類的小混混。

「原來如此，那個時候的事情害得頭目大人的負面評價傳開來了是吧。那麼，我也應該負責才對。是不是要道個歉比較好……」

看見一臉傷腦筋地如此喃喃自語的愛麗絲，雷克斯噴出嘴裡的酒水。

「愛、愛麗絲殿下……？」

原來如此，這裡是王都。

我對愛麗絲輕輕招了招手。

「愛麗絲，這個城鎮裡應該沒有人不認得妳的長相吧？換句話說，不只是因為我，妳也是造成大家懼怕的原因之一……」

看著如此交頭接耳的我們，芸芸低聲表示：

「……我之所以組不了隊，應該不是平常來往的這些人害的吧……？」

——離開得知愛麗絲人就在這裡而變得舉止詭異的雷克斯他們之後，我們來到公會櫃檯的男性工作人員身邊。

「歡歡歡歡、歡迎光臨！各位今天來公會有什麼要事呢！」

櫃檯大哥的聲音因為緊張而拔高。

「我們想接最有冒險感覺的任務。有強敵要對付、報酬又好賺，同時地點最好還是從這裡步行可到的近處。」

「我們這裡好像沒有那種任務……」

聽了我的要求，櫃檯大哥冷汗直冒，面有難色。

「不要為難櫃檯大哥了！不好意思，只要是在附近可供承接的任務，無論是怎樣的工作都可以。同時，就是……」

插話協助交涉的芸芸不住偷瞄一旁的愛麗絲，同時表示：

「最好是既安全，又不會弄髒自己的任務……」

「這裡是冒險者公會，所以沒有安全又乾淨的工作……」

見櫃檯大哥依然面有難色，愛麗絲帶著閃亮亮的眼神往前將身子探進櫃檯裡面說：

「那麼，請告訴我魔王軍幹部的所在位置！我稍微跑一趟，解決對方就回來！」

「請不要這樣！無論幹部在不在那裡，讓愛麗絲殿下去那種地方我可能都會腦袋不保，而且殿下很有可能成功討伐也是個問題！」

櫃檯大哥似乎也和其他冒險者一樣發現愛麗絲的真實身分了。

各方面都超乎常規的這個孩子，確實很有可能稍微跑一趟就可以打倒目標回來。

和真經常說乾脆叫這個孩子打倒魔王不就得了，我也非常能夠體會他的心情。

「不好意思，本公會並沒有配得上愛麗絲殿下的任務……」

正當櫃檯大哥一邊鞠躬哈腰，一邊說到這裡的時候。

「——為什麼！這裡不是冒險者公會嗎！為什麼不肯接受我的委託！」

「所以我不是已經說了好幾次了，那種不確定的委託內容我們無法承接！王者蟾蜍那種怪物我聽都沒聽過！」

我看向隔壁櫃檯，發現一個看似委託人，戴著眼鏡的大叔正在和櫃檯小姐爭論。

「王者蟾蜍確實存在！之所以幾乎沒有目擊事例，是因為發現那傢伙的小隊全都被滅團了！根據我的研究，牠是會在像現在這樣的雨季出現的特大蟾蜍。如果能夠討伐牠，肯定也會對這個國家有所助益……！」

不知道在發表什麼說得口沫橫飛的大叔，似乎被公會拒絕了他的委託。

不過，他說的內容引起了我的興趣。

沒錯，就是他提到的王者蟾蜍。

和蟾蜍相當有緣的我可不能當作沒聽到。

我走到依然說個沒完的大叔身旁。

「我是碰巧路過的紅魔族，看來你似乎碰上麻煩了呢。我不知道你想委託的是怎樣的工作，不過可以說給我聽聽看嗎？」

「我叫柏頓。是以研究生物為生的人。」

我們來到公會角落的座位，決定先聽聽他想說什麼。

這位大叔自稱是名叫柏頓的生物學者，似乎是在王都也相當有名的怪胎。

「原來如此。研究生物……進而研究魔物，藉以調查牠們的弱點是吧？聽起來一點也不像是怪胎啊。我反而覺得這是國家應該率先補助的事情吧。」

我聽到他在研究魔物而說出這樣的感想，結果柏頓一臉錯愕。

「沒有啊，我可沒在調查什麼魔物的弱點。我在研究的事情和妳說的大不相同。比方說，為什麼高麗菜會飛？為什麼魚的種類那麼多，其中卻只有秋刀魚會在田裡長大？我想做的事情，是解決這些任何人都想過的疑問。」

「那些都是小時候就知道的常識，事到如今早就沒有人在想為什麼了吧。」

「咦……我、我就有點好奇啊……」

在紅魔族當中也特別沒有常識的怪胎芸芸對這個話題產生了興趣，如此插嘴。

看來，愛麗絲似乎也一樣。

「為什麼高麗菜會飛啊？」

「那種事情誰知道啊。大概是憑著氣勢或毅力，或是魔法的力量，又或者只是想飛吧？我要講的是更重要的事情。」

柏頓自己開了話題卻給出無理可循的答案，害得愛麗絲淚眼汪汪地瞪著他。

「這個世界上存在著名為雪精的東西。據說討伐了那種怪物，春天就會提早到來。至於我在尋找的王者蟾蜍，聽說討伐之後可以結束雨季。」

儘管剛才遭受了毫不講理的對待，愛麗絲似乎還是克制不了好奇心。

「柏頓先生是經過怎樣的考察，才得到那種結論的呢？」

愛麗絲興致勃勃地問了，但柏頓皺起眉頭，一臉不開心的樣子。

「想問我問題就稱我為教授。」

「教、教授，結束雨季這個結論是怎麼得到的呢……？」

「那種事情誰知道啊。那些傢伙每到這個季節就呱呱呱的吵個不停，所以我覺得牠們八成是在祈雨吧。住、住手，妳想對委託人做什麼！」

柏頓如此抗議，他臉上的眼鏡已經被愛麗絲弄歪了。

聽到這裡之前一直沒有說話的芸芸歪著頭問：

「所以柏頓先生是為了證明自己的假說正確無誤，才想委託冒險者討伐王者蟾蜍嗎？」

「不是喔，因為我最討厭雨季這種潮濕的感覺。我的假說怎樣都無所謂，我只希望這場雨趕快停。」

「你跑一趟紅魔之里就能找到會用改變天氣的魔法的人，去拜託他們不就好了嗎……」

聽我這麼吐嘈，柏頓以食指用力將眼鏡的邊緣往上推。

「妳以為從這裡去紅魔之里要花多久啊。其實，我之所以像這樣特地跑來委託公會也是有理由的。如果明天不放晴的話我會很傷腦筋。」

聽見這番話，剛才一直受到不合理對待的愛麗絲毫不氣餒地詢問理由。

「……其中有那麼重要的理由嗎？如果事關重大，我們也不是不願意接這個委託……」

「我從很久以前就一直在追求酒館的芭貝拉，她說明天放晴的話就願意陪我去約會……夠、夠了，妳這個小孩子從剛才開始就在搞什麼啊！」

眼鏡差點被愛麗絲弄破，嚇得柏頓撞開椅子往後跳。

這位委託人大叔，似乎是公會裡面唯一一個沒有發現愛麗絲的真實身分的人。

「我們家的阿克西斯教團大祭司從剛才開始就在製作名叫晴天什麼的東西，所以明天大概會放晴喔。好像是因為她在觀察的菇類沒了，就不想在雨季期間乖乖待在家裡的樣子。」

「那是什麼可疑的迷信啊。」

阿克婭這個人平常很隨便，但不知為何唯有關乎天氣的事情說得很準。

「柏頓先生從剛才開始的發言也非常可疑啊！」

被愛麗絲這麼吐嘈，柏頓用力推了推眼鏡。

「這個小女孩是怎樣啊！我最討厭小孩子了！只要我提出什麼假說，他們就會開口閉口都是為什麼，打破砂鍋問到底！」

「為什麼柏頓先生那麼隨便又不求甚解啊？討伐王者蟾蜍雨就會停，請告訴我明確的理由！」

「直覺啦直覺，是我身為生物學者長年培養出來的直覺！」

對於又給了直覺這樣一個不甚明確的理由的柏頓，芸芸表示了意見：

「吶，惠惠，我有種不祥的預感。這個大叔是沒藥醫的那種人。我們接其他更普通一點的委託好不好？」

「話是這麼說沒錯，但問題是那個要怎麼處理。」

說著，我指向某個地方……

「我知道了！那我就去討伐你說的王者蟾蜍好了！然後，如果明天雨真的停了，我就承認你是對的！」

「我並不需要小孩子承認我就是了。」

「你這個人從剛才開始到底是怎樣啊！真是的！真是的！」

我指著大概是第一次被人這樣隨便對待的愛麗絲，她在激動之餘，還擅自接下了這個委託——

5

看來芸芸的預感還頗為可靠。

「快看！快看啊，惠惠同學！這種名叫愛蘿妮的植物型怪物會像這樣以藤蔓綑綁獵物，種植種子之後再放開！這就是無法離開原地的植物型怪物為了繁榮而進化的結果，同時也是她們的智慧！」

「哇啊啊啊，柏頓先生——！你被種了！她在你背上種植了種子！」

在距離王都稍遠的森林裡面。

柏頓正遭受外型像是花蕾中央長出一名少女的怪物愛蘿妮的攻擊。

「先等一下，芸芸同學！愛蘿妮並不是那麼危險的怪物。她們在種植種子到獵物身上的行動當中，為了安撫對方讓對方放心，會像這樣對著獵物笑呢。」

「啊哈哈哈哈哈！啊哈哈哈哈哈哈！」

「這樣一點都無法令人放心，而且笑聲也太恐怖了吧——！」

而且在被藤蔓綑綁住的狀態下，興高采烈地說明著愛蘿妮的生態。

「據說被種植種子並不會造成該生物的身體不適，反而會因為被注入營養滿分的樹汁而變得極有活動力。被植入的種子也不會繼續留在生物體內發芽成長，最後會跟著排泄物一起排出體外。這大概是為了盡可能將種子運往遠方，以及避免被當成是危險的生物吧！所以各位同學，將妳們手上那些危險的東西收起來吧！啊哈哈哈哈哈哈哈！啊哈哈哈哈哈哈！」

「她正在注入東西進去啊，柏頓先生——————！」

「頭目大人，現在該怎麼辦？再這樣下去柏頓先生會……！」

舉著匕首打算割斷藤蔓的芸芸放聲吶喊，拔出劍來的愛麗絲不知所措地等待我的指示。

「柏頓先生看起來好像很幸福的樣子，直接把他丟在這裡別管就好了吧。」

「委託人被怪物寄生怎麼可以坐視不管呢！好了，柏頓先生，我幫你割斷藤蔓，你快點過來！」

獲救的柏頓紅著臉一副暈頭轉向的樣子，同時嘴巴像連珠炮似的說個沒完。

「順道一提，有人認為那個知名的安樂少女是從愛蘿妮衍生出來的怪物。這些植物系怪物之所以呈現少女的姿態，大概是為了解除人們的警戒心，並且刺激其良心避免遭受攻擊的智慧吧！啊哈哈哈哈哈哈！愛蘿妮超棒的！愛蘿妮超棒的！」

「這個大叔已經沒救了。就讓他在這裡過著幸福快樂的日子吧。」

「不要說那種傻話了快來幫我啦————————！」

走進森林裡第一次遇見怪物就是這個狀況。

不只芸芸，現在就連我都有不祥的預感了——

——而我的預感成真了，柏頓的怪異舉動並沒有停止。

「不要動！愛麗絲同學，就這樣別動！」

「最好是不要動啦！愛麗絲，不要管這個大叔說的話，儘管打倒對手別客氣！」

在我們眼前，是彼此對峙的愛麗絲和初學者殺手。

看來，這隻初學者殺手判斷敵人實力的能力相當強。

和愛麗絲四目對望的初學者殺手像是被蛇盯上的青蛙似的，整隻動也不動。

「可、可是芸芸小姐，這個孩子看起來好害怕，我總覺得有點可憐……」

「愛麗絲同學，妳再撐一下！再一下子我就可以完成初學者殺手的素描了！」

「柏頓先生，你知不知道愛麗絲的來歷啊！惠惠也是，快點想想辦法……！」

保護著柏頓的芸芸急切地這麼說。

「初學者殺手很帥氣呢。我也不討厭牠們。你知道嗎，柏頓先生？初學者殺手當中也有喜歡吃枸杞的草食系孩子呢。」

「這個話題真是太有意思了！晚一點我們來好好討論初學者殺手……」

「『Light Of Saber』——！」

耐不住性子的芸芸使出魔法，嚇跑了敵人。

——繼續前進的我們，接二連三地遭受魔物們的洗禮。

「愛麗絲同學，我誤會妳了。我原本以為妳是個嬌生慣養不知人間疾苦的小朋友，沒想到功夫相當了得啊。今後妳就當我的專任打手接我的委託如何？不然讓妳當包吃包住的助理也可以喔。」

被一個年紀沒多大的小孩子保護的柏頓說出這種蠢話。

「謝謝你！如果哪天我流落街頭的話，到時候就麻煩你了！」

毫不保留地揮舞著看起來很昂貴的劍，砍倒了大樹型怪物——樹人長老的愛麗絲說出這種更加愚蠢的話。

哪天這個孩子流落街頭的話，這個國家早就已經滅亡了吧。

「吶，惠惠，即使偽裝成意外討伐這個大叔，只要像克萊兒小姐說明他剛才的發言應該就可以脫罪了吧。我覺得保護她遠離邪惡的大人，也是身為朋友的重責大任。」

「妳也不要一臉認真地說出這種駭人聽聞的話好嗎……應該說，光是說明事情的原委可能就會讓柏頓先生被處死了吧。」

沒有理會交頭接耳的我們，柏頓和愛麗絲在樹人的身體前面相談甚歡。

「這樣啊這樣啊！好吧，我來為未來的儲備助理上一堂生物學！樹人長老的樹枝用來當引火柴很棒喔。這樣起火燒水泡紅茶的話會發生奇妙的現象，心情會變得異常興奮喔。一定要帶回去試試看。」

「我又長知識了！當成土產帶回去給克萊兒和蕾茵好了。」

聽見這番對話，芸芸衝過去作勢要揍柏頓。

——最後我們來到森林深處的沼地……

「芸芸同學，快對鷩駭異特龍使用冰凍魔法！」

「冰、冰凍魔法嗎！我知道了！這還是你第一次給出像樣的建議呢，包在我身上！」

『Freeze Gust』——————！」

隨著芸芸的吶喊，體型大如牛的爬蟲類鷩駭異特龍的身體蒙上一層白霜。

然後——！

「柏頓先生，牠還活蹦亂跳的！」

中了魔法的怪物發出尖銳的叫聲，看起來更有活力了。

「是啊，因為冰凍魔法對驚駭異特龍不管用！更重要的是，妳們快看！中了冰凍魔法的驚駭異特龍的鱗片逐漸變成藍色了！那個現象表示牠正在吸收打在牠身上的魔法，納為自己的力量！你們看，那個顏色非常鮮豔又漂亮對吧！」

「太厲害了，柏頓先生！那個藍色非常漂亮！」

「柏頓先生是不是笨蛋啊！拜託你至少不要妨礙我們！愛麗絲也不可以稱讚他！」

被說成笨蛋的柏頓一邊扶好歪掉的眼鏡一邊槓上芸芸。

「竟然對著生物學者叫笨蛋！聽好了，等到鱗片變成這個顏色之後再討伐，鱗片就會一直維持變色的狀態。如果是這個狀態的鱗片，素材收購價格會翻倍……」

「柏頓教授，還有沒有其他類似這樣的知識啊？不然要我在這個任務的期間叫你葛格也可以。」

「妳在說什麼啊惠惠！妳已經不缺錢了吧！」

芸芸一邊吐嘈我，一邊開始詠唱魔法。

就在這個時候。

原本在保護柏頓的愛麗絲突然環顧四周……

「各位，動物和魔物的叫聲都消失了。看來附近有某種強敵。」

經她這麼一說我才發現，各種聲響不知不覺間都停了。

面對驚駭異特龍的時候毫不防範的愛麗絲露出今天首次見人的認真表情，擺出架勢嚴陣以待。

就在這個時候。

眼前的驚駭異特龍輕聲發出哀號，身影隨之消失。

不久，周遭的背景為之一變。

那個東西起身了。

「出現了！是那個傢伙！」

我們一心以為那是周圍的景色，都是因為長在牠身上的青苔。

那想必不是為了擬態而進化的結果。

是因為這隻生物一直在沼地裡存活至今，才導致身上長的青苔多到足以掩蓋牠的身體。

「我可沒聽說事情是這樣！本來還以為頂多就是巨型蟾蜍的上位種，但是這怎麼看都是大型懸賞對象等級的怪物了吧！」

被自稱生物學者的怪胎擅自取名為王者蟾蜍的那隻巨大蟾蜍。

「我上前去撐住，請兩位從我背後施展魔法！」

現出牠足以匹敵我們家豪宅的巨大軀體，含在嘴裡的驚駭異特龍的尾巴還有一部分掉在外面，就這麼俯視著愛麗絲。

「沒想到會大成這樣！唔，身為生物學者實在很想被牠吞下去試試看，但是這樣再怎麼說都會死掉吧！還是應該放棄嗎，可是……！」

「現在是相當危急的狀況，請你不要說那種像是我們家十字騎士會說的話，躲到一邊去！愛麗絲，請妳小心不要被踩到！芸芸麻煩使用冰凍系的魔法！蟾蜍應該怕冰才對！」

我推開躍躍欲試的柏頓，對兩人下達指示。

「吶，牠真的怕冰嗎！剛才我才被柏頓先生騙過，這次真的沒問題吧！」

「這個嘛，妳說呢？棲息在同樣的沼地內的驚駭異特龍不怕冰。既然如此，妳覺得王者蟾蜍會怎樣？如果想要提示就叫我一聲柏頓教授……」

「我來告訴身為生物學者的柏頓教授有關紅魔族的生態。我們整體而言都非常暴躁易怒，攻擊性高又不講情面。」

「王者蟾蜍怕冰！冰會讓牠的動作變得遲緩，還有電擊系的魔法應該也很管用才對！」

柏頓在我的威脅之下乖乖給了提示，於是芸芸準備詠唱魔法……

「『Extelion』！」

而就在這個時候。

配合王者蟾蜍迅速伸出舌頭的動作，愛麗絲以反擊的要領舉劍一揮。

隨著巨響飛出的斬擊砍飛了蟾蜍的舌頭，然而——！

「王者蟾蜍的再生能力非常驚人！隨便一點小傷馬上就能痊癒！這件事在我前年推出的《柏頓教授的球藻都能懂的生物學》裡面也有寫到，在此大力推薦各位冒險者購買……」

「現在不是打書的時候吧！愛麗絲，妳不能使出更厲害的那招嗎！就是妳用來屠龍的那招！現在正是應該解開那招的封印的時候！」

然而聽我這麼說，愛麗絲卻露出困惑的表情——

「不好意思，那是手持貝爾澤格王家祖宗代代相傳的神器聖劍才能使用的招式……」

「為什麼妳偏偏今天沒帶那把聖劍啊！隨時帶著到處跑不就好了嗎！」

「因、因為……！那是代代相傳的聖劍，所以劍柄的部分很臭！」

「妳們兩位，現在不是說那種話的時候了啊啊啊啊！」

聽見芸芸的哀號，我看向蟾蜍，只見被砍斷的舌頭逐漸長了回來……！

「芸芸，這種時候只好暫時撤退了！快詠唱瞬間移動魔法！那隻再怎麼說都太大了，今天先撤退吧！」

「我我、我知道了！」

「『Extelion』！『Extelion』！」

在芸芸開始準備瞬間移動魔法的時候，愛麗絲為了爭取時間和牽制對手的行動而不斷出招。

看不見的斬擊射向蟾蜍割開牠的軀體，但也不知道是蟾蜍沒有痛覺，還是巨大的軀體的感覺相當遲鈍。

王者蟾蜍絲毫不為所動，看似已經完全長回來的舌頭垂在嘴巴外面——！

「等、等一下！要重整態勢的話，今天之內不就無法討伐了嗎！」

「現在不是說那種話的時候了！再這樣下去大家都會被吃掉喔！」

這個男人！

「但是我好不容易才和芭貝拉說好的，這樣……！」

「請你想想酒店小姐和自己的性命那邊比較重要好嗎！我覺得應該是這樣吧，芭貝拉對其他客人也都提過類似的條件啦！」

怪胎大叔被當成肥羊我也無所謂，但是再這樣下去難保愛麗絲不會有什麼萬一。

我覺得她不至於被蟾蜍幹掉，不過要是我們把公主殿下帶出來還弄得她渾身黏液，到時候甚至可能難逃死刑。

我一心想著不能因為這種蠢事而死，焦躁地等待著芸芸遲遲未完成的魔法詠唱——！

「這樣啊……也罷，這種委託連公會都不肯接了，妳們光是願意陪我到這種地步就已經值得感激了。而且，我也沒有想到王者蟾蜍會是這種規格。這樣確實不可能輕鬆打倒牠……」

或許是因為柏頓一改之前旁若無人的態度，變得垂頭喪氣了起來，令她掛心吧。

「對於柏頓先生而言，那位小姐是非常重要的人嗎？」

愛麗絲舉著劍，只有視線飄了過來。

「是啊，她是我一直在追求的人。她是我從小就認識的青梅竹馬，繼承了她的老家那間負債累累的酒吧，現在依然勤勞不懈的一個大姊姊。其他客人想和她約會她都有求必應，藉機要他們進貢，但不知為何就只有我的邀約她一直拒絕，是個頑固的人。」

……啊啊，不行。

「其實我都知道，知道她為什麼拒絕我的邀約。在她的眼中，我這個青梅竹馬大概只是弟弟吧。所以，她才會每年都在雨下個不停的這個季節，說什麼如果放晴了就和我約會……儘管如此，我還是會對此抱持那麼一絲期待，可見我真的對她……」

聽說有這種原委之後，我又怎麼能不出手呢。

「看來芸芸已經完成瞬間移動魔法的詠唱了吧。那麼請妳維持現狀繼續待命。愛麗絲到我身邊來。我接下來要施展魔法，所以請妳保護我。」

「等一下！要是妳對那隻蟾蜍施展了爆裂魔法……！」

沒錯，儘管遇見那麼大的怪物，我卻對施展爆裂魔法有所保留，是有理由的。

「頭目大人，不用顧慮我沒關係。即使被炸得粉碎的蟾蜍再怎麼噴灑黏液，我也會設法處理克萊兒。」

或許是預料到接下來會發生什麼事了吧，愛麗絲帶著微笑這麼說。

「很好，我們的第一次冒險也是大家沾了一身蟾蜍黏液！回想起來，我和和真他們組隊的時候，第一次冒險也是渾身黏液！那就趕快收拾掉這個傢伙，一起洗澡去吧！」

「一起洗澡是無所謂，只是妳可不要拿我們的身體和自己的身體相比又自己不爽起來喔……好痛！還有空拿石頭丟我啊，快點詠唱魔法啦！」

準備好隨時可以用瞬間移動逃跑的芸芸對我這麼說。

「妳們能打倒牠嗎？打得倒那隻王者蟾蜍……」

柏頓茫然地如此低語，而我以詠唱魔法回應了他。

在我還在詠唱的時候，王者蟾蜍數度攻擊愛麗絲，但或許是學習到每次伸出舌頭都會被

砍飛了吧，牠開始縮起身子，凝聚力量。

完成爆裂魔法的詠唱之後，我對柏頓露出苦笑。

「柏頓先生今天教了我們各種有關生物的事情，現在換我們為你上一堂有關女人心的課好了。芭貝拉小姐之所以只拒絕你的邀約是因為……」

而王者蟾蜍一副不打算讓我說完的樣子，朝向空中高高躍起，試圖以巨大的軀體壓扁我們——

「『Explosion』——————！」

6

「我回來了——」

「喔，回來啦——」

和真躺在沙發上迎接回到豪宅的我。

阿克婭則是在和真身旁一邊嚎啕大哭，一邊拍打他的背。

「今天怎麼這麼晚回來啊，妳做什麼去了？沒有像阿克婭一樣搞出奇怪的事情吧？」

「快道歉！快向晴天惠惠道歉！」

喂。

「請等一下，我剛才聽見一個不能當作沒聽到的詞彙。而且妳還叫和真向那個東西道歉是怎麼回事？」

「惠惠妳聽我說！濕氣尼特把晴天惠惠丟給點仔當玩具了！都怪他，害得晴天惠惠被啃得悽慘無比……！」

「不准叫我濕氣尼特，聽起來好像會長出香菇。不是啦，這個傢伙做了一個長得很像惠惠的晴天娃娃，可是明天放晴的話我會很傷腦筋嘛。」

「那你今天早上說明天放晴的話就要陪我去冒險是什麼意思！」

這個男人！

「怎樣啦，我知道了啦，算我不對嘛！話說回來，妳不是去冒險了嗎？怎麼聞起來香香的，該不會是洗過澡了吧？」

坐在沙發上的達克妮絲被阿克婭央求著一針一線在縫的那個東西就是晴天惠惠了吧。

我一邊用眼角餘光看著這樣的達克妮絲和阿克婭一邊說：

「那當然了，我經歷一場會讓和真羨慕的大冒險呢。之所以洗了澡才回來也是因為……

該怎麼說呢，算是湮滅證據吧……」
而和真對含糊其辭的我說：
「哦？反正下雨無法出門，閒著也是閒著，我們就聽聽看妳的故事吧。喂，阿克婭，算我不對就是了，別生氣了。我去把我珍藏的酒拿過來，咱們聽惠惠的故事配酒吧。」
「你藏在櫃子最裡面的酒已經沒了喔。其實我昨天就發現了那瓶酒，把它喝掉了！」
……
沒有理會扭打了起來的兩人，不小心被針刺到的達克妮絲一邊不知為何一臉遺憾地看著一滴血也沒冒出來的指頭，一邊對我說：
「我也很想聽惠惠的冒險故事。妳最近好像都到阿克塞爾的湖邊去完成例行公事，今天是不是去了更遠的地方啊？」
說著，達克妮絲像是很享受雨天的沉穩氣氛似的，對我露出溫柔的微笑。
「是啊。這個故事說起來很長，還是吃晚餐的時候再說吧。故事是關於我們接連打倒了各式各樣的怪物，最後還幫忙推動了一段過了很久都還沒有開花結果的戀情。不過在說那個故事之前，我有點事情想拜託阿克婭——」
我對著聽見我這麼說便暫停打架，停下了動作的兩人笑了笑——

「可以再做個晴天阿克婭還有晴天和真、晴天達克妮絲嗎？該說是為了保險起見吧，我希望明天確實放晴——」

第二話

阿爾坎雷堤亞的閃電！（前篇）

1

這裡是阿克塞爾最豪華的宅邸的露臺。

在這個能夠俯瞰鎮上主要街道的地方，一名金髮美女坐在寬敞的長椅上開了口。

「世間的俗人們真是辛苦啊……居然必須從大清早勞勞碌碌工作到晚上才行呢……」

「是的，大小姐！」

回應了她的喃喃自語的，是個身穿女僕服的金髮少女。

金髮美女攤開報紙。

「……呵呵，以前連對付哥布林都很辛苦的他居然能夠登上頭版，還真是成長了不少呢……」

「是的，大小姐！」

看完之後，美女隨手將報紙扔到桌上，拿起酒杯。

她把鼻子湊到杯中看似昂貴的葡萄酒旁，品味了好一陣子酒香。

一邊享受跟在她身旁的女僕為她搧涼的服務，美女一邊慵懶地傾杯啜飲。

「咳呼！咳咳、咳呼！」

「您沒事吧，大小姐！」

大概是被喝不習慣的酒嗆到了吧，金髮美女用力咳得非常厲害。

……應該說。

「大姊姊，妳們這是在玩什麼啊？」

「哎呀，這不是惠惠小姐嗎！來，惠惠小姐要不要也穿穿看女僕服啊？我覺得一定很適合妳喔！」

一手端著酒杯笑著這麼說的，是阿克西斯教的祭司，賽西莉。

然後……

「早安，頭目大人！賽西莉大小姐說她想玩扮演大小姐的遊戲，就拜託我扮女僕……」

依然在為賽西莉搧涼的，是身穿女僕服的愛麗絲。

大小姐遊戲這幾個字，讓我回想起我們家那兩個尼特也玩過扮上流遊戲。

難道我身邊就只有這種人嗎？

「……大姊姊，這孩子現在的模樣被有權有勢的人看到的話，妳的腦袋真的會搬家。」

「對於阿克西斯教徒而言，權威算不了什麼。不過依麗絲小姐，這件事情是妳和賽西莉姊姊之間的祕密喔。」

「是的，大小姐！」

看來平常受人服侍的愛麗絲似乎有點喜歡為人盡心盡力的感覺。

「而且妳這樣做真的可以嗎？大姊姊好歹也是阿克西斯教團的阿克塞爾分部長吧？分部長有那麼閒嗎？」

「惠惠小姐怎麼這麼說呢？當然有很多事情等著我去做啊。只不過，我決定拋開所有該做的事情選擇和美少女玩，只是這樣罷了。」

「這樣更不應該吧！」

——儘管正值雨季，最近這幾天卻一直都是萬里無雲。

如果這是我們上一次冒險的成果的話著實令人開心，不知道那位委託人柏頓先生有沒有順利和心上人約會成功了呢？

如果有的話，我們的努力也有價值了……

「話說回來，頭目大人，雖然我問這種話好像也怪怪的，不過妳今天為什麼會來這裡？又要去冒險了嗎？」

「喔，是啊，難得天氣放晴了，我本來在想找芸芸一起接任務……不過很稀奇的是那個孩子也不在公會裡，所以我想說會不會是在這裡……應該說，我才想問依麗絲為什麼會在這裡呢？來到這個城鎮的問題還可以利用瞬間移動服務解決，城堡呢？城堡那邊妳是怎麼辦到的啊？」

她來到這裡還一副理所當然似的，話說她到底是怎麼溜出城堡的？

「那是因為有緊急情況下可以使用的，只有王家的人才知道的隱藏通道……」

「沒關係，我知道了，我都知道了所以請妳不要再說下去了，知道得太詳細會害我腦袋搬家！」

我連忙制止愛麗絲，結果賽西莉歪著頭表示：

「城堡和王家之類的詞彙也令人非常好奇，不過剛才有兩個字更令現在的大姊姊在意。吶，妳們要去冒險嗎？」

「是啊。大姊姊也想去嗎？」

這裡有身為大法師的我和萬能型的愛麗絲。

這個陣容再加上身為祭司的賽西莉的話，確實是個不錯的小隊……

「那個，我說惠惠小姐啊，大姊姊啊，有件事情想拜託妳的說……」

「如果妳可以不要忸忸怩怩得那麼莫名的話，我至少可以聽妳把話說完喔。」

2

「——請問有沒有什麼好任務？一名前鋒加一名後衛就可以出的那種。」

「……這個嘛，有是有啦……」

「惠惠小姐，拜託妳，不要拋棄大姊姊啊啊啊啊啊啊啊啊！」

來到冒險者公會的我和愛麗絲，正在詢問有沒有什麼好任務。

「依麗絲，這個如何？驅除在田裡繁殖的亞達曼蝸牛的工作。照理來說亞達曼蝸牛可以彈開尋常的攻擊，不過以妳我的攻擊力而言應該不成問題吧。只要攻擊起得了作用，牠們就只是動作遲緩又不會反擊的生物，所以很輕鬆。」

「好、好的，可是那個……頭目大人……」

「啊啊啊啊啊啊啊！大姊姊在惠惠小姐挑戰惡魔的時候，明明也有幫上那麼一點點忙吧啊啊啊啊啊啊啊啊！」

哎呀，這邊還有個不能錯過的任務。

「不好意思，我想接這個討伐血腥飛鼠的委託。以前這種飛鼠在我身上撒過尿。」

「我、我知道了，那麼，這個委託就……」

「慘絕人寰啊啊啊啊啊啊啊啊啊！」

「妳從剛才開始就很吵耶！還有別人在看，請妳閉嘴！」

我最後還是敗給了巴在我的腰際嚎啕大哭的賽西莉，無可奈何之下，只好再次聽她詳細說明。

賽西莉的請求本身不是什麼難事。

但是，有一個很大的問題——

「我希望妳跟大姊姊一起去阿爾坎雷堤亞，爆破一隻神祕的史萊姆。」

「…………如果地點不是阿爾坎雷堤亞我早就點頭答應了……」

沒錯，問題就是委託的地點。

「頭目大人，阿爾坎雷堤亞是怎樣的地方啊？」

「變態的巢穴。」

「竟然這樣說，就算是惠惠小姐我也不能當作沒聽到喔！」

我直接點出要點，結果賽西莉用力拍打桌子。

「不然大姊姊為她說明那是一個怎樣的城鎮啊。」

「好吧，那麼大姊姊就來告訴純潔又什麼都不懂的依麗絲小姐各式各樣事情好了。」

為什麼這個人的言行總是這麼那個啊？

「阿爾坎雷堤亞是祭拜阿克婭女神的阿克西斯教團的總部。同時也是知名水與溫泉之都，不過那已經是過去的事了。現在湧出的不是溫泉而是聖水，是受到神祇祝福的聖地！」

「湧出的不是溫泉而是聖水嗎？好厲害喔！既然如此，住在那裡的人們一定也都是心靈純潔的人嘍！」

眼睛閃閃發亮的愛麗絲，害得賽西莉不敢直視。

「大姊姊，快點繼續說下去啊。快點，依麗絲在看妳喔。」

「我、我知道了。聖水這種東西，不只對付不死怪物的效果超群，鍛冶的時候灑在武器上可以得到高品質的成品，加進餐點裡面可以讓人變得不容易生病。真的是有各種用途的優秀物品！所以我們看準了這樣的需求……」

「那麼優秀的東西，在那裡竟不需要花錢，還大量湧出嗎！這樣對人們是非常大的助益呢！不愧是神職人員聚集的城鎮，如果是心術不正的人應該會利用這點企圖賺大錢吧……」

賽西莉原本還有話想說卻閉上了嘴。

然後以眼神示意，要我設法幫她解圍。

「……這種事情最好的確認方式就是自己親眼見證。那麼，我們去看看阿爾坎雷堤亞現在是怎樣的城鎮好了。」

「好，我好期待喔，頭目大人！」

「痛痛痛痛痛痛，我的肚子突然痛了起來！這大概是昨天吃的瓊脂史萊姆在反擊吧！妳們兩位對不起喔，今天好像不太方便成行了！」

賽西莉做作地壓著肚子在地上打滾。

「那麼請妳等一下。我現在就回家去，把那個只有魔法功力保證可靠的大祭司……」

「千萬別這麼做啊啊啊啊啊啊啊啊！」

3

隔天早上。

「大姊姊，算我拜託妳，不可以在店裡亂來喔。」

「惠惠小姐把我當成什麼人了？我好歹也是神職人員喔。」

一大早和愛麗絲還有賽西莉會合之後，我為了前往阿爾坎雷堤亞，帶著她們兩個來到維茲魔道具店。

或許是難得來到這種地方，愛麗絲帶著閃亮亮的眼神仰望著魔道具店。

這麼說來，我聽說和真以前第一次來這裡的時候，阿克婭在店裡亂來，鬧到一發不可收拾。

「絕對不可以喔。對手的實力超乎常規，大姊姊再怎麼努力都鬥不贏的。請不要波及到我喔。」

「惠惠小姐真是的，妳到底把阿克西斯教徒當成什麼了啊？除了惡魔、不死怪物和異教徒以外，我們和任何人都可以交朋友喔。」

問題就是裡面只有惡魔和不死怪物啊。

聽了我們這樣的對話，愛麗絲歪著頭問我：

「頭目大人，這間店是怎樣的地方啊？」

「怪胎的巢穴。」

「竟敢說這裡是怪胎的巢穴啊，汝這個搞笑種族的搞笑魔道士。」

這時，不知何時出現在背後的巴尼爾突然對我們這麼說。

「呼哈哈哈哈哈！來得好啊，搞笑女孩與前小主人啊！……住、住手，汝這是在做什麼！不准隨便觸碰吾之面具！」

巴尼爾被賽西莉抓住面具，拚命抵抗。

從阿克婭平常的表現看來，阿克西斯教的祭司似乎能識破惡魔和不死怪物的真實身分。

換句話說，賽西莉大概也是一眼就看出巴尼爾的真面目了吧。

雖然大姊姊是個很廢的成年人，但是再怎麼廢也是阿克西斯教的祭司。

看來她的眼睛並不是長好看的。

「有型男！我聞到面具底下散發出非常強烈的型男味！戴面具的先生，幸會！我叫賽西莉！」

「吾的名字是巴尼爾，幸會同時再會了！夠了，吾要找的並非汝！阿克西斯教徒就是這樣才教人厭煩！」

是個很廢的成年人的大姊姊，果然連眼睛也是長好看的。

巴尼爾用力拉開賽西莉的手，端正姿勢，重新面向我們。

然後，巴尼爾對著看見他之後表情為之一亮的愛麗絲，以完美的動作做了一個貴族式的行禮。

「久違了，綢繆盤商的孫女啊。好一陣子沒見，看來汝又強上一階了呢。就連吾也難以透視汝了，真不得了。」

然後這麼說完，露出愉悅的笑容……

「不要那麼討厭阿克西斯教徒嘛！吶，讓我看一下面具底下的真面目好不好？一下子就好，只要前面一點點就可以了！我只看不動手就是了！」

「八兵衛！八兵衛！」

「在你這麼忙的時候問你這種事情真是不好意思，不過維茲在嗎？我有一點小事想拜託她。」

「夠了，一個一個都吵死人了！一票小女孩不要同時說話！」

一大早就很激動的巴尼爾被愛麗絲纏著不放。

「八兵衛在這間店工作嗎？啊哈哈哈，好久不見了，八兵衛！八兵衛！」

看來他們兩個原本就認識。

愛麗絲環抱著高挑的巴尼爾的腰際，露出笑容。

「嗯，別來無恙真是太好了，綴綢女孩啊……所以說，汝等到底來這裡做什麼？」

「我們想去阿爾坎雷堤亞，所以想借用維茲的瞬間移動魔法。她之前去過阿爾坎雷堤亞對吧？我想說她可能有指定那個城鎮作為瞬間移動的登錄地點。」

沒錯，我們並不是來這間店湊熱鬧的。

是因為覺得帶著身為公主殿下的愛麗絲搭好幾天馬車長途跋涉的話，再怎麼樣都會引起騷動。

當然，一方面也是因為沒錢……

「老闆因為種種因素在店裡面燒焦了。過一陣子就會復活，汝等進去慢慢等吧。」

維茲好像又闖了什麼禍。

這時，我發現賽西莉異常安靜。

我看了過去，發現她雙手摀著臉頰扭來扭去。

「他說我們是一票小女孩耶，我該如何是好？平常都被當成大姊姊，這種經驗我還是第一次。經驗豐富的我，碰上巴尼爾先生都變得像個青澀的小女孩了……」

賽西莉平常都被當成廢柴成年人，看來被叫成小女孩似乎讓她很開心。

其實對於年齡不詳的惡魔而言就連老婆婆也形同小嬰兒，不過我還是別多嘴好了。

就在這個時候。

「歡歡、歡迎回來，巴尼爾大人……哎呀，這麼一大早就有客人上門了嗎？」

有人打開了店門，從門後現身的是拿著掃帚和畚箕的布偶裝。

看來他是出來打掃店門口的。

只有外表可愛的前貴族布偶裝惡魔，突然被愛麗絲撲上去抱住。

「絕雷西爾特爵士！絕雷希爾特爵士！」

「公主殿下！到底是為什麼會出現在這種地方……？」

擔任領主的貴族和公主殿下，當然彼此認識。

「絕雷西爾特爵士，現在的我是隨處可見的綴綢女孩！所以還請你稱呼我為依麗絲！」

「不、不是，我不知道綴綢女孩是什麼，也不知道那是不是隨處可見……總而言之，殿下，我因為種族方面的限制，不能隨便稱呼別人的名諱……」

「我是依麗絲，絕雷西爾特爵士！」

愛麗絲似乎喜歡上綴綢女孩這個稱呼了，帶著閃亮亮的眼神如此逼迫布偶裝。

我記得惡魔只會在面對自己認同的對象時稱呼名字。

「不、不是，殿下。我……」

「我是依麗絲！對喔，我記得之前聽說過，絕雷西爾特爵士只肯在對方夠強的時候，或者是認同對方的某種實力的時候才肯叫對方的名字。呵呵，我現在和絕雷西爾特爵士經常陪我玩的年幼時期不一樣了喔。來吧，請你見證我的成長……」

「依麗絲小姐，您都長得這麼大，也出落得如此美麗且強大了呢！在下絕雷西爾特對於依麗絲小姐的成長感到非常高興！」

眼見愛麗絲與高采烈地準備拔劍，嚇到的布偶裝為之卻步。

可憐的布偶裝動不動就被這個城鎮的居民找麻煩，生命隻數好像隨時都岌岌可危。

「綴綢女孩和絕雷西爾特也是知交啊。總之進店裡來吧。放心，看在吾與汝的交情上，吾願意以特別價格販售各種美妙的商品給汝！」

「哇啊，謝謝你八兵衛！這間店是魔道具店對吧？真不知道裡面到底有怎樣的東西！」

巴尼爾像是找到好客人似的喜出望外，而綁綢女孩也不疑有他地乖乖跟著走。

看來這個不諳世事的孩子，還不能沒有跟班。

4

「首先是這個！某個後宮小鬼想出來的，神奇生物彈簧蟲小弟！乍看之下只是普通的彈簧！不過……請看，試著從樓梯上面輕輕推下來，就會像尺蠖一樣一階一階爬下來……」

「好厲害！我買！這個多少錢！」

「那種東西妳要拿來用在哪裡啊！不可以買那種沒有意義的東西，妳的錢包裡面裝的都是國家的稅金啊！」

愛麗絲一走進店裡，就差點被強迫推銷了莫名其妙的破銅爛鐵。

「那麼，要不要參考一下這個呢！每踩一步就會嗶嗶叫的神奇涼鞋！據說這是從異世界帶進來的傳說中的裝備。是一種只要走路就可以嚇唬敵人的優秀裝備，想必是極為知名的戰士的聖遺物吧……」

「我買，我當然買！」

「如果妳每走一步都會在我身旁嗶嗶叫的話，我就沒收妳的鞋子！」

或許是裡面的東西對她而言全部都很稀奇吧，現在的愛麗絲可能連用到一半的橡皮擦都願意買。

「吶，裡面裝的是美少年對吧！大姊姊都知道喔。因為以身高而言成年男子根本進不去啊！」

「不、不是，這是類似魔道具的東西……啊，住手！快住手！別試圖看我的內容物！」

至於賽西莉則是已經把布偶裝逼到店裡的一角，看起來很開心的樣子。

「不，我偏不住手！居然把自己弄得那麼惹人憐愛，這間店到底是做什麼的地方啊？首先是走貴族風又散發出神祕氣息的面具紳士，接著又是可愛的布偶裝出來迎接我們？這種毫無防備的美少年，即使被調戲了也是無可奈何的事情吧！」

「所以就說我不是少年……巴尼爾大人！這個女孩太奇怪了，還請您救我！」

照那樣看來應該不會妨礙我們辦正事，所以還是別插手好了。

「這是傳說中的紅魔族——血紅素愛用的半指手套。據說只要戴上這副手套，勇者之力就會覺醒……」

「勇者之力……！」

「只要去紅魔之里，用小朋友的零用錢價格就可以買到那種有故事的道具。」

「汝從剛才開始都在做什麼，別妨礙吾做生意啊，搞笑女孩！縐綢女孩，妳看這個壓箱寶！這是拿在手中旋轉就會飛上天的，名為竹蜻蜓的魔道具……」

「那個我已經有了！那不是魔道具而是到處都有在賣的玩具對吧！原來八兵衛也和兄長大人一樣會說這種事情來捉弄我！」

就在這個時候。

有人奮力打開店門，出現在後面的是熟悉的臉孔。

「巴尼爾先生，我很努力喔！請看，如你所見，這些都是亞達曼蝸牛的殼……惠、惠惠！」

芸芸揹著大量的殼，露出驚訝的表情。

可以收集到這麼多殼，這個孩子到底起得多早啊？

「這麼大清早的，妳在做什麼啊？」

「咦咦！我、我受巴尼爾先生之託，從昨天開始就在幫他收集用來當成魔道具的材料的亞達曼蝸牛的殼……」

原來不是一大早，而是從昨天就開始了啊。

「辛苦了，吾之友人啊。蝸牛殼隨便放著就可以了。讓吾親自泡杯好茶，犒賞努力的汝吧。」

或許是幫上朋友的忙讓她很高興，芸芸儘管顯示出疲態卻露出滿面的笑容，一副很幸福的樣子。

「……他用友人這兩個字叫妳做白工啊？」

「這是什麼話，汝在友人有所請託的時候會收取金錢嗎？在真正的友人之間，金錢的往來只顯得粗鄙。是吧？吾友！」

「嘿、嘿嘿嘿……就是說啊，金錢是買不到友情的。」

巴尼爾幫她泡一杯茶就高興成那樣，看見我的競爭對手那麼好騙，害我不知怎地頭痛了起來。

「還說什麼金錢買不到友情呢，妳以前明明一下子請同班同學吃吃喝喝，一下子把便當貢獻給我，事到如今還在說什麼啊……」

「便、便當不是我貢獻給妳，而是被妳搶走的吧！」

總算歇了一口氣的芸芸不經意地環顧店內，開了口：

「話說回來惠惠來這裡做什麼？連賽西莉小姐和依麗絲都在……」

「接下來我們要遠征去別的城鎮，大家一起去冒險。」

聽我這麼說，她將原本以雙手小心翼翼地捧著的茶杯放到桌上，極為刻意的伸了個懶腰。

「這、這樣啊——順便問一下，妳們的冒險是打算承接怎樣的任務？」

「……聽說是要討伐突然冒出來的神祕史萊姆……」

「史萊姆！就是尋常的劍士根本砍不動牠又彈又軟的身體，還能夠抵抗絕大多數魔法的那種史萊姆嗎！而且還說是神祕的史萊姆，聽起來就不是正常狀況，妳們去對付那種東西沒問題嗎！」

我才說明要討伐的東西，芸芸便搶先對我這麼說。

「…………我覺得事情也沒有那麼嚴重吧？再怎麼說，我們這邊有規格超乎尋常劍士的依麗絲，還有擅使最強魔法的我。動作緩慢的史萊姆只是待宰的肥羊。」

「這、這種想法太要不得了！那樣輕忽對手小心遭殃喔！小隊的成員結構也不是……」

「前鋒依麗絲，大法師的我和祭司賽西莉。的確，如果可以再多一個前鋒職業的隊員就沒話說了。」

「……對、對啊！順道一提我是高等級的紅魔族所以還算耐打，而且為了方便站上前鋒的位置戰鬥，還像這樣帶著匕首呢！」

…………………

「是啊，原本我也很想拜託芸芸和我們一起去，不過妳好像從昨天晚上就通宵出任務，今天還是先休息……」

「光是狩獵亞達曼蝸牛還不夠，我本來還想說等一下要去慢跑呢！……這麼說來，亞達曼蝸牛也和史萊姆一樣，物理攻擊和魔法都不怕才對，但是我打得很輕鬆……」

每次都搶先插話的芸芸，終於讓我生氣了。

「妳這個孩子真的很麻煩耶！想和我們一起去的話直說不就得了，說起來我昨天第一個去邀的就是芸芸好嗎！結果妳通宵獵蝸牛是怎樣，到底在幹嘛啊！我看妳的魔力應該也用掉很多了吧，在這種狀態下跟我們去冒險真的沒問題嗎！」

「當然沒問題！魔力也不需要擔心，因為我會大量採購瑪納礦石帶去！巴尼爾先生，中級的礦石有多少來多少！」

「多謝惠顧！」

「自己叫妳來還說這種話也很奇怪，不過妳也不需要做到那種地步！我想大概可以輕鬆解決！」

就在這個時候。

「妳們的事情差不多談妥了吧？大姊姊隨時都可以出發喔。」

我還想說賽西莉怎麼異常安靜，看來她是千方百計想要看內容物而到處上下其手過了。

只見她抱著已經精疲力盡卻還是繼續抵抗的布偶裝露出得意的笑。

而像是在配合她的言行似的，後場傳出一個悠哉的聲音。

「……哎呀？怎麼我一醒來就冒出這麼多客人來！請、請等一下，我立刻泡茶……」

「不用泡茶沒關係，請妳不要太勉強了，總覺得妳的身體很模糊耶！」

身影略顯模糊的維茲搖搖晃晃地走了過來。

賽西莉看見她，像是受到震撼似的瞪大了眼睛。

「啊、啊啊……豈有此理……」

即使是眼睛和裝飾品沒兩樣的大姊姊，看見模糊的身影，再怎麼樣也會察覺到其中的異常吧。

賽西莉的身體不住顫抖，視線不曾離開維茲。

「大姊姊冷靜，算我拜託妳，請妳不要亂來喔。別看她那樣，其實她是個善良的……」

「唔，惠惠小姐在進來店裡之前說『對手的實力超乎常規，大姊姊再怎麼努力都鬥不贏』的意思是這麼回事啊！如此的巨乳！如此的美貌！還有立刻想到泡茶的貼心，再加上看似隨時會消失的嬌弱感……！」

她的確是隨時都有可能消失的樣子，不過不是妳想的那個意思。

「這種時候還是乖乖退下比較好吧……可是巴尼爾先生，雖然只有短暫的時間，不過我們的關係也親密到曾經貼在一起了，有件事情我想拜託你……」

「總覺得吾的名譽嚴重受損，不過如果汝願意不再做出任何多餘的事情盡速離開的話，吾可以答應。」

賽西莉一邊用手指在巴尼爾的胸口畫愛心一邊說：

「賽西莉好想看看巴尼爾先生面具底下的模樣喔……」

「………………唉……」

巴尼爾重重嘆了一口氣之後，對著賽西莉招了招手示意要她跟過去，接著便窩進後場。

而興高采烈地跟在他身後的賽西莉，也同樣消失到後場……

「哇啊——！吶，等一下！我喜歡的明明是小正太還有小蘿莉，可是現在覺得自己的癖好都要被掰彎了！啊、啊，再一下下！再維持現狀一下下就好！」

……………………

不久之後，賽西莉跟著巴尼爾回到現場，露出滿足的笑容。

於是留在現場，原本保持沉默的大家異口同聲地說：

「「「「我也想看……」」」」

「休想。」

5

「賽西莉大姊姊，八兵衛的面具底下長得怎樣！也告訴我嘛！」

「面具底下有個看起來性格又風流倜儻的紳士！……啊啊，不可以賽西莉，振作一點！我喜歡的是小蘿莉才對吧！沒錯，我要逮到一個有錢的型男，然後僱用許多小蘿莉當傭人！不可以被那種致命的吸引力所迷惑！」

也不知道到底在糾結什麼，賽西莉抱著頭扭來扭去。

「總之，先不說這個了……」

不久之後，賽西莉似乎冷靜了下來，環視過我們之後，露出滿面的笑容對我們說：

「歡迎來到水與聖水之都阿爾坎雷堤亞！」

——我們幾乎是以被巴尼爾趕走的形式，被送到了阿爾坎雷堤亞來。

「嘿嘿、嘿嘿嘿，其實我隱隱約約有這種預感。像我這種人，怎麼可能順遂地和大家一起冒險呢……可是總比一個人發呆好上許多……原本覺得再也不想來的阿爾坎雷堤亞，如果是和大家一起來或許也會很開心吧……」

「……惠惠小姐，我的心好痛。」

「因為我沒告訴她要來阿爾坎雷堤亞嘛。那個孩子的笑容之所以會變成那樣，全都是因為阿克西斯教徒和大姊姊喔。」

被送到這個城鎮來之後，芸芸的表情就變成笑著流淚了。

而在她身旁的是第一次來到這個城鎮的愛麗絲，帶著閃閃發亮的眼神到處東張西望。

「怎麼辦，我一看見美少女哭泣的表情……！哭泣的表情……吶，惠惠小姐，妳不覺得美少女哭泣的表情也很迷人嗎？」

「妳一點都沒有反省嘛！應該說，妳差不多該告訴我們了吧？這個城鎮離我們那麼遠，為什麼大姊姊會這麼擔心這裡的史萊姆啊？」

賽西莉發出的史萊姆討伐委託。

在阿爾坎雷堤亞討伐怪物，照理來說和已經當上阿克塞爾分部長的賽西莉應該無關才對。

「吶，惠惠小姐，說來說去我們的交情也很久了對吧？關係已經很親密了對吧？所以……妳聽完可以不要生氣嗎？」

「唯一可以肯定的是如果妳不說真話我就會生氣。」

聽了我的牽制，賽西莉整個人僵住。

「……惠惠小姐是紅魔族，所以腦袋非常聰明吧。我先給妳一點提示喔。」

「不，別玩那種怪異的猜謎遊戲了，告訴我討伐史萊姆的理由……」

賽西莉把我的吐嘈當成耳邊風，豎起一根手指。

「史萊姆如何誕生至今仍是未解之謎，是一種神祕的怪物。話雖如此，這裡是阿克西斯教團的總部。這個地方原本就是神聖之地，而且現在還湧出了聖水，儘管如此卻冒出魔物來了。這是非常急迫的事態。」

「我知道這是非常急迫的事態了。不過，這又和大姊姊有什麼關係？」

賽西莉在胸前交握雙手，擺出祈禱般的姿勢。

「接下來這是我的自言自語喔。」

怎麼搞的，我有一種非常不祥的預感。

「回想一下。在阿克塞爾的教堂，曾經發生過已經殺好，冰在冰箱裡的瓊脂史萊姆逃了出去，到田裡偷吃蔬菜的事件。沒錯，我改良過的史萊姆們，即使變成了粉末也會復活。」

「確實有過那麼一回事。不過，那個和這次的事情有什麼……」

有什麼關聯嗎？

……正想這麼問的時候，我想通了。

「大姊姊。」

「不是喔。」

我什麼都還沒問，賽西莉就否認了。

「以前這個城鎮曾經發生過瓊脂史萊姆取代溫泉冒出來這種極為愚蠢的事件對吧。」

「是啊，那是魔王軍針對阿爾坎雷堤亞發動的破壞行動。是一起非常令人心痛的事件……不知為何，當時我珍藏的瓊脂史萊姆，不知道被什麼人給偷走了……」

…………………………

「那個時候的事件，還有這次的事件，其實全部都是大姊姊害的……」

「到此為止！這些全部都是臆測，或許只是巧合啊！關於以前那件事肯定是魔王軍偷走我的瓊脂史萊姆幹的！可是這次搞不好是我之前被我藏起來準備以後再吃，卻完全忘掉的史萊姆們復活並逃跑了，這樣那樣之後進化成神祕的史萊姆了之類。但搞不好也不是。只是，我能說的只有這個……！」

賽西莉露出祥和的笑容說了。

「阿爾坎雷堤亞的人們因為突然出現的史萊姆而傷透腦筋。既然如此，想要幫助大家應該不是什麼錯事吧？」

「妳不說出真心話我就回去了喔。」

沉默了半晌之後，賽西莉開了口：

「沒錯，因為要是被知道我和這件事有關我的麻煩就大了，我才想趁現在湮滅證據！啊、啊！惠惠小姐拜託妳不要拋棄大姊姊啊啊啊啊啊啊！」

6

門後傳出了說話聲。

「我等一下要去艾莉絲教的教堂懺悔！懺悔的內容是看著艾莉絲女神的肖像畫就會有性衝動是不是不應該！要一起去的人過來集合！」

「喂，我也要去！」

「我也去我也去！」

對話的內容，愚蠢到讓我猶豫該不該開門。

「去吧去吧。艾莉絲教的女神官大概又會臉紅脖子粗地過來痛罵我們，不過這樣更好！我堅持你們一定要去。」

曾經聽過的那個聲音，應該是阿克西斯教的大祭司兼最高負責人。

管理這個城鎮的教堂的，那個名叫傑斯塔的大叔吧。

「不久之後，艾莉絲教的美女神官就會來這裡罵人了吧。我要脫掉上衣躺在教堂入口，進入迎擊美女神官的態勢。哪個人去借魔道照相機回來！我要捕捉到艾莉絲教的美女神官踩到裸上身的我，頓時淚眼汪汪的模樣！美女神官會哭著回去，對我而言則是獎賞。然後再打上『踩踏裸身阿克西斯教徒的艾莉絲教神官』的標題散布照片，還有機會造成更進一步的打擊！」

「太完美了！不愧是傑斯塔大人，明天以後艾莉絲教徒的女神官前來襲擊的時候，請務必也讓我試試！」

「太奸詐了，我也想被美女神官踩！」

我一邊聽著這種無可救藥的對話，一邊無奈地打開門。

「！是美少女！尊貴的美少女降臨在我們的教團總部了！」

「別這樣，美少女都嚇到了！臭男人們都退下！這種時候就該只有女性信徒迎接美少女！」

「喂，太奸詐了！我也想吸美少女呼出來的空氣啊！」

「我也想聞美少女散發出來的香味！」

眼前展開的是地獄般的景象。

沒錯。

這裡就是阿爾坎雷堤亞的，阿克西斯教團的總部。

我和芸芸剛踏進教堂裡面的瞬間，就被阿克西斯教徒包圍了。

男性信徒似乎還有點裹足不前，但女性信徒們因為是同性便肆無忌憚地貼了過來。

芸芸一下子被不認識的大姊姊抱緊處理，一下子被摸頭，整個人僵在那邊派不上用場。

正當我試圖將黏在身上的阿克西斯教徒設法推開的時候……

「惠寶，姊姊喜翻妮咿咿咿咿咿咿咿咿！」

「為什麼連大姊姊都混在裡面啊，妳應該要負責阻止他們吧！還有不准叫我惠寶！」

我努下巴指了指教堂外面，對著趁亂抱住我的賽西莉示意。

「真是的，幸好是我先進來。聽好了，你們絕對不可以對等一下要進來的那個孩子做出失禮的事情喔，性騷擾更是想都別想，事情要是傳出去了，阿克西斯教團的負責人就等著腦袋搬家喔。」

「我的天啊，傑斯塔大人的腦袋……！……原來如此，一點問題也沒有。」

「反而會讓這個城鎮更加和平吧。」

「要是傑斯塔大人不在了，這次就輪到我當最高負責人……！」

「好吧。我傑斯塔可是老當益壯，你們儘管放馬過來吧！」

我到底該怎麼處理這些人啊？

「吶，惠惠小姐，妳要學會在這裡說那種話會造成反效果喔。」

「我並不想學習你們的思考模式啊……是說妳可以把傑斯塔先生趕走嗎？要是看見依麗絲，感覺那個人會失控得最嚴重，太可怕了……」

就在這個時候。

有人輕輕打開教堂的門，愛麗絲從門縫當中探頭。

傑斯塔看見這一幕，先是沉思了一下——

「你、你還好嗎！頭目大人，這位先生突然倒下了……！」

傑斯塔突然原地倒下，讓愛麗絲著急地大喊，衝了過去。

「又來了一個更優質的美少女！今天是我的忌日嗎！我會在這裡用光運氣死於今天！」

「竟然是金髮美少女，我不行了！我再也忍耐不住了！小妹妹，大姊姊給妳糖糖，妳借姊姊抱緊處理一下！」

我的忠告終究起不了作用，愛麗絲轉眼間就被包圍住了。

「妳、妳在說什麼啊！拜託誰幫忙施展一下恢復魔法！這位叔叔倒下之後，就動也不動了耶！」

愛麗絲一邊這麼說，一邊在傑斯塔身邊蹲下。

「你還好嗎！叔叔，振作一點！」

說著，她開始用力搖晃傑斯塔。

「……依麗絲，快離開那裡。那個人只是希望有美少女擔心他才裝病……」

在我說到這裡的瞬間，附近的阿克西斯教徒們紛紛開始倒地。

「各、各位怎麼了！頭目大人，大家突然一個個倒下了！這可能是某種疾病或詛咒！」

「他們只是想被妳搖晃身體而已。要是這些人打算就這樣繼續躺著，妳就一個一個全部踩過去吧。」

聽見我這麼說，以傑斯塔為首的阿克西斯教徒們不知為何全都閉上眼睛，翻成仰躺的姿勢。

簡直像是想表示請儘管踩似的。

「惠惠小姐，那樣做對大家只是獎勵，所以我想沒有一個人會動喔。傑斯塔大人，這樣是給美少女們添麻煩，請起來吧。大家的偶像，阿克塞爾分部長賽西莉回來嘍。」

「呸。」

依然倒在地面上的傑斯塔很靈活地只將嘴巴往旁邊一撇，呸地一聲吐出口水。

「……賽西莉小姐，被妳踩我也不會開心。我現在就起身，請把妳重死人的腳挪開。」

被賽西莉不停踐踏的傑斯塔突然爬了起來。

「……好了。惠惠小姐、芸芸小姐，好久不見了。歡迎光臨，迷途的美少女們啊，今天很慶幸妳們來到這裡……是來受洗？還是告解？如果是來簽約當我的情婦更不用客氣喔。」

「傑斯塔大人，你繼續說下去只會讓事情更複雜所以請閉嘴。她們是來為我們打倒從原本的溫泉裡湧現的史萊姆。」

聽賽西莉這麼說，傑斯塔的表情微微一動。

「這樣啊，特地來打倒史萊姆？你們跑這一趟我是很感激，不過賽西莉小姐和惠惠小姐為什麼要這麼做？」

「那當然是因為我愛著阿克西斯教團的總部，愛著這個城鎮啊！我賽西莉自認唯有對阿克婭女神的信仰心與美貌，在阿克西斯教團當中不是第一就是第二！」

面對活力十足地如此自吹自擂的賽西莉。

「關於美貌的部分我有一點意見，不過真虧妳有這個心！好吧，我就親自跟妳們同行，用我自己的眼睛來確認一下賽西莉小姐在阿克塞爾成長多少好了！」

「咦？」

傑斯塔如此表示。

7

「那依麗絲就交給妳照顧嘍。妳可要多加留心，千萬別讓阿克西斯教徒對她造成不良影響喔。」

「……為什麼這麼重大的任務要交給我…………是很好啦，這樣能和依麗絲一起冒險，這件事本身是很好沒錯……」

從原本的溫泉裡湧現的史萊姆的數量似乎相當多。

然後，聽說那些史萊姆們還利用連接溫泉的管線到處搗蛋。

「那麼頭目大人，為了鎮民們與阿克西斯教團的安穩，我出發了！」

我拜託愛麗絲和芸芸兩個人去驅除散見於鎮上的史萊姆們。

一天只能發一次魔法的我，該做的工作是找出這起事件的犯人，或者說是原因。

同時……

「賽西莉小姐快放手，純潔的少女要走掉了！啊啊！我是以為能夠和她們一起行動，所以才表示要負責監督妳們的啊！」

「我可不會讓你染指天使們喔，傑斯塔大人！能夠和那些孩子們每天嬉鬧是專屬於阿克塞爾分部長的特權！」

也要負責看住這兩個人。

怎麼辦，雖然說是為了保護愛麗絲，但老實說，我不是很有自信能應付兩個阿克西斯教徒……

「算了，要是有什麼萬一的話，只要說我看到史萊姆，全部一起炸掉就好……」

「等等，惠惠小姐，我聽到了喔！如果妳將法杖的前端對準我的話，我會在妳的魔法發動之前在妳的心裡留下強烈的創傷！」

「惠惠小姐，傑斯塔大人是在快速脫衣大賽當中必定能夠奪冠的強者，這一點妳可要記清楚了。不可以把法杖的前端對準我們喔。」

被塞了兩個難搞的傢伙，老實說我沒什麼幹勁。

「聽說要來驅除威脅城鎮安危的史萊姆，一開始我還很躍躍欲試的，不過這件事的犯人也已經確定了吧。」

「惠惠小姐真是的，妳在說什麼啊？我覺得即使在搗蛋的是瓊脂史萊姆，就這樣武斷地認定也太隨便了！」

聽完詳情之後根本沒什麼好說的。在鎮上屢屢被目擊的史萊姆，種類是瓊脂史萊姆。

在知道這件事的時候，幾乎已經可以篤定犯人是誰了吧……

「因為受害狀況也和阿克塞爾完全一樣啊……」

「不可以再說下去了！」

而且傳出的災情全都是食物被史萊姆偷走。

之前賽西莉改造的瓊脂史萊姆的罪狀和這次的災情完全一致。

「妳已經知道這起事件的幕後黑手是誰了嗎？」

「就是她。」

「等一下！還沒吧！現在還沒確定真的是我害的吧！」

見賽西莉不肯認帳，我用法杖的前端抵住她的臉頰並轉動。

「不然，妳找到之前說的藏在這個城鎮的瓊脂史萊姆了嗎？沒有找到對吧！既然如此就沒有其他可能性了吧！為什麼大姊姊老是這樣……！」

「可是，我有把史萊姆的粉末好好收起來妥善保管啊！只要沒碰到水，應該就不會復活才對！求求妳相信我！」

這時，聽到這裡的傑斯塔表示。

「之前在這個城鎮曾經發生過魔王軍將瓊脂史萊姆放進溫泉源頭的事件。那次我被懷疑是犯人而受到不公的待遇，難不成那也是……」

「那是魔王軍搞的鬼。」

賽西莉斬釘截鐵地這麼說。

事到如今，老實說這個說詞也很可疑……

「總之，趁芸芸小姐她們在幫忙驅除野生史萊姆的這段時間內，我們要查明事情的真相！這是我身為祭司的直覺，我感覺到鎮上的某個地方有邪惡的力量……」

賽西莉對著溫泉的源頭所在的山，帶著認真的眼神獻上祈禱。

「可是大姊姊所謂的直覺從來沒有成真過吧。」

「今天的惠惠小姐進入叛逆期了嗎？為什麼對大姊姊那麼嚴苛啊！」

賽西莉抓住動不動就吐嘈的我的肩膀，用力搖晃。

「的確。雖然極度微弱，不過最近這陣子確實感覺得到邪惡的氣息。」

這時，傑斯塔露出前所未見的認真表情，突然這麼說。

「我覺得邪惡的是傑斯塔先生。」

「惠惠小姐，噓——！我好不容易才蒙混過關，就這樣任他發揮吧！」

傑斯塔也把我的吐嘈當成耳邊風，突然開始奔跑。

「賽西莉小姐，跟我來！我感覺到邪惡的氣息從這邊傳來！」

「遵命，傑斯塔大人！送邪惡之徒上絞刑台——！」

賽西莉一邊喊著駭人聽聞的話語，一邊跟著衝出去。

「我已經滿心只有不祥的預感了……」

在追著他們兩個的背影的同時。

我心想和真平常的心情大概一直都是這樣，稍稍反省了一下自己的行動。

8

說真的，我到底該拿這兩個人怎麼辦啊？

「我感覺到的氣息是從這裡傳出來的。」

「不愧是傑斯塔大人。我賽西莉也感覺到邪惡的氣息了。」

「你們老是說那種會遭天譴的話，小心真的搞到天怒人怨喔。」

我想大概已經不用多說了，現在我們來到艾莉絲教的教堂前面。

「聽好了，賽西莉小姐。先由我當誘餌引誘艾莉絲教徒出來。妳躲到門後去，等艾莉絲教徒聽到我的聲音衝出來之後，就請妳壓制住她。」

「我知道了，傑斯塔大人。萬事包在我身上。」

「你們是認真的嗎！真的要那麼做嗎！不對，請你們等一下！」
兩人沒有理會我的制止，站上前去。
然後，在好奇的路人們開始遠遠圍觀的時候，傑斯塔放聲大喊：
「有人在嗎！請問艾莉絲教的貧乳祭司小姐在不在！我今天為了回覆妳的告白而來！」
「屁啦啊啊啊啊啊！」
隨著教堂裡傳出來的怒吼聲，乒乒乒乒的踱步聲也越來越近。
「你大吼大叫的在胡說什麼啊！你這個人連什麼事情該做，什麼事情不該做都區別不出來……呀啊啊啊啊啊啊啊啊啊！」
「該死的邪教徒，下地獄去吧啊啊啊啊啊啊啊！」
「呃！大姊姊……！」
從裡面衝出來的女祭司被躲在一旁的賽西莉逮個正著。
賽西莉勾住祭司的腳絆倒她之後，我還來不及制止，賽西莉已經以行雲流水般的動作騎到祭司背上去了。
「技術真是精湛啊，賽西莉小姐。以前的瓊脂史萊姆事件，其實我原本就隱隱約約在懷疑是賽西莉小姐搞的鬼了，不過看在這個功勞的份上，放妳一馬好了。」
「好耶。」

在祭司因為遭到偷襲而被輕鬆制服之後，傑斯塔露出得意的笑容靠近她。

「中招了吧，愚蠢的艾莉絲教徒祭司啊！我是個不論種族之間的藩籬，無論巨乳還是貧乳都能愛的男人。但是，對於妳的告白我要說不！」

「哈哈——被甩掉惹！」

「等一下！為什麼我突然被辱罵又被推倒之後，還得沒事被甩掉啊！」

依然被賽西莉壓倒在地上的祭司陷入極度的混亂當中。

傑斯塔抓著祭司的下巴往上一抬，看著她的臉龐說：

「儘管覺得艾莉絲教徒令人不敢恭維，不過妳還是一樣，只有這張臉蛋特別美呢。好吧，看在妳的心意如此熱烈的份上，如果只是一個晚上的話我可以陪妳……」

「你這個人一直都很奇怪，但是今天特別嚴重喔！啊啊，各位路人請不要相信他！對他告白那種事情我才……！」

做不出來。

那位祭司大姊姊最後這幾個字還沒說完之前，傑斯塔已經把臉湊了上去。

「妳可別太小看我了！平常總是怒罵我、對我說教，都是傲嬌的妳為了吸引我的注意才做出來的舉動，這種事情我早就看穿了！我再回答妳一次！要我和妳交往我無法接受，不過只有肉體關係的話我無所謂喔！」

「真是太好了。」

「哪裡好了！還有你說誰是傲嬌來著！我之所以對你怒罵說教，是因為你總是給我們教會添麻煩……我說真的，能不能請各位阿克西斯教徒不要再來招惹我們了啊……？」

這個鎮上的艾莉絲教徒真辛苦。

因為這種事情似乎是家常便飯。

「妳這個個性不老實的傲嬌女，說出那種會遭天譴的話的就是這張嘴嗎！太不應該了，看我用我的嘴堵住！」

「傑斯塔大人，再加把勁！」

「艾莉絲女神，請賜予我神聖的庇佑！『Powered』——！」

以魔法提升了體能的祭司將賽西莉摔飛，然後一拳打在傑斯塔的臉上。

在目睹神職人員醜陋的扭打而傻眼之餘，我不經意地從沒關上的門口看向裡面。

「……？請等一下，剛剛有某種又黑又小的東西……」

看見那個快得不像話的東西逃進教堂裡面時，我轉頭看向大家……

「今天我真的生氣了！看我送你到阿克婭女神身邊去！」

「現出真面目了吧，可惡的艾莉絲教徒！阿克婭女神曾經說過！祂的女神後輩艾莉絲有非常凶暴的一面！看見身為信徒的妳現在的表現，就知道這件事情是真的了！」

「咿————————！」

正當我想著要丟下這些人自己回去的時候，賽西莉歪著頭問我：

「惠惠小姐，妳怎麼了？看見凶暴的艾莉絲教徒嚇到了嗎？放心，大姊姊會保護妳。」

「妳說誰是凶暴的艾莉絲教徒啊！……我是第一次見到妳吧？以阿克西斯教徒而言看起來好像比較正常一點………不對，妳是紅魔族吧，這樣啊……」

「喂，妳對紅魔族有什麼意見就說啊，我洗耳恭聽！……應該說，妳們教堂裡有養寵物嗎？剛才好像有什麼東西逃進裡面去了。」

再這樣下去也不會有任何發展，所以我問了一下剛才看見的東西。

「這間教堂裡除了我以外沒有任何人喔。更別說是寵物了，阿克西斯教團的勢力在這個城鎮日漸增長，現在已經衰退到連我一個人每天要吃的東西都有問題了……」

「別露出一臉哀傷的樣子，如果零錢也可以的話，我等一下捐獻一點再走就是了！……不過，我真的看見某種黑黑的東西啊……」

某種又黑又小，隱約有點油油亮亮的東西。

我說的不是小強，真要說的話感覺像是速度非常快的史萊姆之類的……

「不愧是阿克西斯教團的智囊惠惠小姐。這個女孩一個人在教堂裡生活，所以妳才想到這招嚇她是吧。」

「不愧是惠惠。」

「並不是，我怎麼可能做出那種無聊的事情……啊！請等一下，我是說真的！我真的看見了某種黑黑的東西，所以請不要用那種懷疑的眼神看著我！」

第三話
阿爾坎雷堤亞的閃電！（後篇）

1

「真是的，都是你們兩個害的，連我也被對方用奇怪的眼神看待了。」
離開艾莉絲教的教堂之後，我們漫無目的地走在鎮上。
「哎呀，真沒想到妳會這麼說。風聞惠惠小姐是個在阿克塞爾被視為特產的問題兒童。也就是說對方很有可能原本就以奇怪的眼神看待妳喔。」
「惠惠小姐是知名人士呢。」
「請、請等一下，不是，確實也有人說那是當地風情沒錯……」
但我可沒想到會有被阿克西斯教徒說是問題兒童的一天。
正當我有點受到打擊的時候，傑斯塔自顧自地開了口：
「阿克西斯教團名譽顧問惠惠小姐，很遺憾的，艾莉絲教堂非常有可能是清白的。不過，我確實在這個鎮上感覺到某種氣息。」
「你剛才提我的名字的時候，前面是不是有個令人不安的頭銜？」
傑斯塔把我的疑問當成耳邊風，眉頭深鎖。

「我記得這種不祥的預感。沒錯，像是之前那個身材寡廉鮮恥的女惡魔前來襲擊這個城鎮的時候。還有魔王軍幹部漢斯進行破壞行動的時候……」

「我們家和真說過，從事宗教的人都會在事情已經發生之後硬是穿鑿附會地說那是天譴或是神祐之類的，叫我不要相信。」

「惠惠小姐真是的，竟然說出這種話來。之後記得帶那個男生來見我，我要好好對他闡述阿克婭女神有多麼尊爵不凡。」

就在這個時候。

「不好了——————！來、來人啊啊啊啊啊啊啊！」

一個悲痛的吶喊，從坐落在大街旁的旅店當中傳了出來。

「發生什麼事了！」

我衝進旅店裡，只見看似店員的女生癱坐在地板上。

「我、我小心翼翼地保管起來的點心……！某種又彈又軟的透明物體搶走我的點心，從給水管逃走了！」

根據目擊情報，怎麼想都是史萊姆。

傑斯塔和賽西莉互看了一眼，對著彼此點了點頭。

「這肯定是……」

「艾莉絲教徒……」

「這和艾莉絲教一丁點關係都沒有吧！你們閃一邊去，別來礙事！」

我揮揮手趕走他們兩個之後，對著癱坐在地上的大姊姊笑了一下，想讓她放心。

「大姊姊有沒有受傷？對旅店造成的損失只有點心真是太好了。」

然而大姊姊露出絕望的表情，掩面搖頭。

「已經沒救了，完蛋了！誰教這裡是會有史萊姆冒出來的旅店，要是這件事傳出去了，誰還會來過夜啊！」

「如果冒出來的是小強也就算了，不過是瓊脂史萊姆，嚇不跑客人啦。」

瓊脂史萊姆這種生物不會危害人體。

但是大姊姊還是用力搖頭。

「可是可是，說不定會有對史萊姆過敏的客人啊。唉……這下子這間旅店也完蛋了……早知道還是不應該繼承旅店，乖乖接受挖角去當小雞鑑定師才對……不過，或許還有那麼一條路，能夠讓旅店生存下去……」

說著，大姊姊不住從她摀著臉的指間縫隙偷瞄我，一副想要我催她說下去的樣子。

真要說的話，我對挖角去當小雞鑑定師那件事比較好奇。

「如果碰巧路過的美少女魔法師願意偶爾來幫忙顧店的話，光是這樣回頭客就會……啊、啊，等一下！聽我說嘛！」

這麼說來，這裡是充滿阿克西斯教徒的城鎮是吧。

逃離旅店的我正打算對某兩名教團工作人員抱怨的時候……

「惠惠小姐，那邊也傳出尖叫聲了！」

「還在發什麼呆啊，咱們走吧，惠惠小姐！守護阿爾坎雷堤亞的和平是阿克西斯教徒的職責！」

「我不是阿克西斯教徒啊！不要拉我，我知道了，我乖乖跟你們走就是了！」

我就這麼被亢奮的兩人帶到下一個事發現場去了——

「——也就是說，妳晾在那裡的內褲被偷走了？」

「是的……我很喜歡那件內褲的說……」

接下來的受害人是身材姣好的年輕太太。

好像是晾在院子裡的內褲不見了。

「順便請教一下是什麼顏色的內褲？還有，也請太太說一下自己的身材尺寸。」

「詳情我會問，傑斯塔先生請到一邊去！」

我試圖趕走一臉認真地這麼問的傑斯塔。

「惠惠小姐，現在不是鬧著玩的時候了！受害的可是年輕女性啊！」

「咦！不、不好意思，我還以為……」

但他似乎是真心在為受害人擔心，還板起臉罵了我一頓。

身為管理這個城鎮的人，看來他其實在這方面還挺正經的嘛。

「那麼，我想請妳讓我看看其他的內褲作為參考。還有，為了引誘犯人現身，如果能夠借用妳剛脫下來的新鮮內褲就更好了……」

「把我的道歉還來！」

正當我抓著傑斯塔的肩膀用力搖晃的時候，正在勘驗現場的賽西莉放聲大喊：

「傑斯塔大人，請看這個！」

說完，賽西莉拿給我們看的是放在洗好的衣服旁邊的袋子和信件。

兩人相視點頭之後，打開信件過目……

「『這筆錢是貨款。不夠的話請告訴我。阿克西斯教團祭司．克雷因』……究竟是怎麼回事呢？我完全看不懂他想表達什麼。」

「看來這起事件會變成懸案呢。不過犯人大概是史萊姆吧。」

「我去一下警察局……喂，你們兩個給我放手！」

2

後來我們又在鎮上亂晃了一陣，驅除了幾隻史萊姆，現在在公園的長椅上休息。

「沒想到史萊姆造成的災情已經擴散到這麼大了……」

賽西莉一臉凝重地如此低語。

「看來我們太小看這個事態了。那麼，該如何是好呢……」

同樣一臉認真的傑斯塔如此回應她，而我對他們兩個嗆聲：

「鎮上發生的糾紛明明有八成都是阿克西斯教徒搞的鬼吧。」

聽我這麼說，賽西莉露出溫和的微笑。

「……這個世界上呢，有些時候真相還是不要公開比較能讓大家得到幸福。惠惠小姐在不小心闖禍的時候，應該也曾經偷偷賴到別人身上吧？」

「不要說那種拉低我的評價的話，我才不會……」

正想反駁的時候，我回想起自己也曾經在紅魔之里將爆裂騷動賴給女惡魔。

「……算了，那個偷內褲的人也哭著把東西還回來了，看來應該有在反省，我就先假裝不知道好了……」

「那個男人之所以哭是因為必須把他得手的內褲還回去喔。阿克西斯教徒的字典裡面沒有反省這兩個字。」

「人家都已經打算附和妳了，請不要反嗆好嗎？」

正當我和賽西莉如此鬥嘴的時候。

「是飛龍！有人討伐了飛龍——！」

城鎮的入口那邊傳來這樣的聲音。

所謂的飛龍，雖然沒有純種的龍族那麼強，卻也擁有能夠飛天的巨大身軀，憑藉帶有劇毒的尾巴獲取獵物的強敵。

我知道比起阿克塞爾，這附近有更多強大的怪物，但沒想到居然有人狩獵了那麼強大的目標……

「獵殺了飛龍的是女生！是一個紅魔族女孩和一個金髮小蘿莉討伐的！」

——來到城鎮的入口，只見一隻巨大的飛龍躺在那裡。

前來看熱鬧的鄉民們都聚集了過來包圍住飛龍，而在人群中心的當然是……

「妳們兩個在做什麼啊？明明應該負責討伐鎮上的史萊姆，為什麼會到城鎮外面去打倒飛龍？」

「我、我也沒辦法啊，我們在鎮上到處閒晃，卻都沒有冒出任何一隻史萊姆。結果，為我們帶路的阿克西斯教徒是個盜賊，他說他感覺到城鎮外面有大型怪物的氣息……」

沒有冒出任何一隻史萊姆？

那就奇怪了，我們確實驅除了好幾隻史萊姆。

不對喔，該不會……

「我想問一下。依麗絲，妳現在的等級是多少？」

我對著在鄉民的包圍下顯得不太自在的愛麗絲如此耳語。

「我嗎？為了準備對讓魔王軍的決戰，大家最近都挑經驗值特別豐富的食材給我吃，所以等級差不多快要超過六十了……」

我決定當作沒問過。

不過話說回來，這樣愛麗絲她們沒有在鎮上遇見史萊姆的理由就很清楚了。

感覺到強者的氣息，弱小的怪物就會憑本能避免接近那裡。

既然如此，要她們兩個驅除史萊姆就很困難……

「對了，在我們獵殺大怪物的時候，惠惠做了什麼？」

「獵了一點瓊脂史萊姆，還有幫阿克西斯教徒收拾善後。狩獵鎮上的史萊姆原本應該是妳們的工作才對吧。」

葬送了眾多魔王軍幹部的我，到底是為什麼會可憐到必須來驅除瓊脂史萊姆那種小角色啊？

「是、是喔。這樣啊，史萊姆會出現在惠惠面前是吧。嘿嘿嘿，這就表示史萊姆會害怕我們的小隊，而惠惠的小隊……」

「喝啊啊啊啊啊啊！」

「呀啊啊啊啊啊啊！」

眼看芸芸就要說出不該說的話，我施展鷹爪功對準她的胸部用力一抓。

「史萊姆害怕的不是妳而是依麗絲！我和芸芸的等級差不了多少吧！妳們是怎樣啊，居然自作主張跑去狩獵飛龍！我也想打倒那種大怪物啊！」

「我知道了！算我不對就是了，不要捏我的胸部！」

與年紀不相稱的胸部被用力捏到變形，讓芸芸放聲慘叫。

「惠惠小姐、惠惠小姐！我覺得剛才好像聽到有美少女的口中冒出胸部這兩個字！」

「沒錯，確實冒出來了，芸芸盡全力喊了那兩個字。」

「不要說！我道歉就是了，別刺激傑斯塔先生！」

心中的怨氣暫時緩解之後，我開始思考接下來該怎麼做。

該做的事情是驅除賽西莉的瓊脂史萊姆，但是照現在這樣做的效率實在太差了。

「大姊姊，妳對史萊姆的生態了解到足以改良牠們對吧？妳能不能想辦法把分散在鎮上各地的史萊姆們聚集到一個地方啊？」

「這個嘛。散布在這個鎮上的史萊姆們和我一點關係都沒有，不過我還算有點相關知識。簡單的說，史萊姆最喜歡美少女了。」

美少女……

「所以史萊姆有味覺嗎？還有，瓊脂史萊姆會吃肉嗎？我記得牠們偷的都是蔬菜吧？」

「惠惠小姐真是的，妳在說什麼啊？說到史萊姆當然就會想到美少女啊。一發現美少女就要弄得她渾身黏液，這可是史萊姆的本能呢。」

這個大姊姊是不是瘋了啊？

「原來如此，不愧是賽西莉小姐。我傑斯塔完全明白妳想說什麼。也就是這麼回事對吧？找一個連著管線的浴場，把以惠惠小姐為首的美少女丟進去裡面。然後，就等著迎擊順從本能被吸引過來的史萊姆。」

「就是這麼回事，傑斯塔大人。幸好阿克西斯教團總部有之前惠惠小姐以爆裂魔法為我們打造的岩石浴場。現在雖然已經變成採集聖水的設施了，不過就請惠惠小姐她們泡個奢侈的聖水澡，將史萊姆們引誘到那裡去好了。」

他們兩個一臉認真，但他們真的還正常嗎？

「那麼，我是阿克西斯教團當中等級最高的大祭司，就由我負起責任，保護惠惠小姐她們吧。」

「不對傑斯塔大人，史萊姆喜歡的是美少女。必須打造美少女們和樂融融地嬉戲的樂園才能夠吸引牠們過來。要是有個髒兮兮的大叔混在裡面，牠們怎麼會來啊？保護她們的工作請交給我吧。」

「妳在說什麼啊，賽西莉小姐，如果大叔不行，並非美『少女』的妳也不應該混在裡面吧。放心，這裡聚集了這麼多優質美少女，有一兩個大叔或是大姊姊混在裡面也沒問題。」

帶著認真的表情一來一往地說了一堆蠢話的兩人對著彼此點了頭。

「事情就是這樣，惠惠小姐。」

「差不多就決定是這樣了。」

「事情是我自找的，既然演變到這個局面的話我姑且願意嘗試，不過請你們兩個到外面去。」

3

阿克西斯教團的大教堂。

作為教團總部這個地方，有個巨大的岩石浴場。

以前，我為了答謝賽西莉而使用爆裂魔法打造了這個設施，是個能夠俯瞰阿爾坎雷堤亞的露天浴場。

單論客觀環境的話，真的是棒到不行，然而……

「啊啊啊啊啊啊啊啊啊啊啊！」

「小妹妹，咱們商量一下！要付多少錢才夠！」

「依麗絲小姐！妳讓開的話，我就讓妳接受阿克西斯教團的洗禮！不然，要我把阿克西斯教團最高負責人的寶座讓給妳可以！」

「大姊姊是同性所以沒關係，拜託妳，讓我進去吧啊啊啊啊啊啊啊啊！」

浴場外面可以聽見眾多阿克西斯教徒們的嘶吼。

通往這裡的更衣室前面有愛麗絲站崗，擋住了去路。

其實我是希望會讓瓊脂史萊姆害怕的愛麗絲可以離得更遠一點，不過也沒有其他人可以阻擋阿克西斯教徒了。

「各位，偷看人家洗澡這種行為是犯罪喔。」

「啊啊啊啊，依麗絲小姐，不要一邊說出正確無比的言論一邊用純真的眼神看著我！大姊姊內心的黑暗面都在尖叫了！」

看來，她是在說服鬧著想一起進來的賽西莉。

「……吶，惠惠。這種事情真的有必要嗎？這個澡泡起來是很舒服，但是地點卻讓我不得安寧……」

「既然沒有其他方法的話這也是無可奈何的事情。我也不覺得這樣做能夠引誘史萊姆上鉤啊。不過，難得都來到阿爾坎雷堤亞，雖然已經不是溫泉了，不過能夠泡奢侈的聖水澡也別有風味吧。」

泡在岩石浴池哩，我和芸芸輕輕呼了一口氣。

現在，不知為何，從阿爾坎雷堤亞的溫泉源頭湧出的是最高級的聖水。

這個城鎮原本一時陷入存亡的危機，結果現在成了只需要將聖水裝進瓶子裡賣出去就可以賺大錢的狀況，如今呈現微型泡沫經濟的狀態。

「早知道會變成這樣，我就把點仔也帶來了。那個孩子最近變得特別喜歡泡澡。」

「我很久以前就在想，那個孩子肯定不是貓吧。」

在我們如此交談的時候，有人打開了浴場的拉門。

接著，圍著浴巾的賽西莉半個人躲在門扉後面，一臉欲言又止地看著我們這邊。

「……見我又哭又鬧的啊，依麗絲小姐就說，如果惠惠小姐和芸芸小姐都說可以的話應該沒關係吧，通融了我一下……」

都已經老大不小了還對著一個年紀比我小的女生哭著哀求也不太行吧。

「好吧，如果妳發誓不做奇怪的事情，我是無所謂……」

「太好了～」

迅速在身上沖了熱水之後，賽西莉帶著幸福的表情泡進浴池裡來。

這時，肩膀以下都泡在浴池裡的賽西莉一臉狐疑地歪了頭。

「……奇怪？和我被派遣到阿克塞爾之前相比，感覺聖水的效能變弱了耶……」

「我想是恣意妄為的阿克西斯教團終於遭到天譴了吧。」

「惠惠小姐真是的，竟然那麼說。但我還是覺得很奇怪，該怎麼說呢，感覺熱水裡面混著雜質……」

平常我可能會聽過就算了，不過阿克西斯教徒的這種直覺其實小看不得。

「這些聖水是從原本是溫泉源頭的地方湧現的對吧？該不會是那裡住了什麼奇怪的東西吧？」

「嗯——想要玷汙聖水的話，除非是潑灑極為猛烈的劇毒，否則照理來說應該辦不到才對……」

這時，一臉幸福地泡在浴池裡的芸芸喃喃說了：

「該不會是賽西莉小姐以前養的瓊脂史萊姆發生突變了吧……」

聽她那麼說，賽西莉用力抖了一下。

「討、討厭啦，芸芸小姐，瓊脂史萊姆是極度沒有害處的生物喔。牠們不吃肉，而且非常愛乾淨又好吃。我所喜愛的瓊脂史萊姆，怎麼可能會變成那樣呢……」

賽西莉笑容可掬地如此辯解。

可是她的視線卻隱約有點游移不定，讓我心生不安。

「……為了保險起見，還是去看一下好了。去原本的溫泉源頭……」

「不要啦啊啊啊啊！」

——站在一臉喜悅的傑斯塔身旁，一臉歉疚的愛麗絲表示：

「各位，路上請小心。不好意思，沒辦法幫上各位的忙……」

在教團總部的後方，我們在兩人的目送之下前往原本的溫泉源頭。

有愛麗絲在的話史萊姆會逃跑，所以在這裡待命。

至於傑斯塔，他好像決定不跟我們一起來，選擇和愛麗絲一起留守。

從剛才開始，他一聽到愛麗絲叫他伯伯就一臉心花怒放。

「依麗絲也要小心喔。要是阿克西斯教徒接近妳到半徑三公尺以內的地方，不分男女老幼都儘管砍下去無所謂。」

「惠惠小姐，我已經在妳說的半徑裡面了耶。」

儘管嘴裡這麼說，傑斯塔還是不打算離開愛麗絲身旁。

「我姑且先告訴你，那個孩子的身分非常尊爵不凡喔。即使是傑斯塔先生，做出奇怪的事情的話腦袋也會搬家喔。這可不是因為你是阿克西斯教徒而做球給你殺喔，拜託你嘍。」

「人類是一種罪孽深重的生物，越是聽到不可以做的事情就越是想做……」

還是把這個大叔綁起來好了。

4

傲視城鎮的高聳山峰的深處。

順著險峻的山路往上爬到過去是溫泉源頭的地方，就看到那個了。

「有了，是瓊脂史萊姆。」

「不要啊啊啊啊！」

原本是溫泉源頭的地方，可以見到已經看得很熟悉的瓊脂史萊姆們在附近搖晃著又軟又彈的身體。

但不只是牠們。

在瓊脂史萊姆們的包圍之下，一隻又黑又小的史萊姆在原本的溫泉源頭前面黏著某種東西消化著。

「啊，等一下！惠惠小姐，妳看那個！牠在接受進貢，在接受進貢！看來是那隻沒看過的史萊姆叫我的孩子們做牛做馬，去幫牠偷食物吧。換句話說，我是無罪的！」

「真的嗎？根據之前的走向，我覺得就算那隻黑色的也和賽西莉小姐有什麼關係也不奇怪吧。」

正當賽西莉因為我的吐嘈而用力一抖的時候。

那隻接受瓊脂史萊姆進貢的黑色東西，忽然將注意力轉向我們這邊。

「！」

那隻長得像史萊姆的黑色不明物體做出嚇得倒抽一口氣的動作，看起來像極了人類。

「對史萊姆很懂的大姊姊，那真的是史萊姆嗎？我覺得牠看起來好像有智慧耶。」

「那當然，畢竟是我的孩子嘛。經過大姊姊的改良，即使有了智慧也不足為奇！」

賽西莉剛才明明還強調是沒看過的史萊姆，也不知道在想什麼，現在卻突然改變了態度。

這時，我們當中最有冒險者擔當的芸芸收斂起表情。

「等一下！看了就覺得毒性猛烈的黑色，那該不會是……！」

面對瓊脂史萊姆的突變種，芸芸的紅魔族之血突然覺醒了。

「芸芸也發現了啊。沒錯，那就是紅魔之里代代相傳的，那個傳說中的……！」

「妳為什麼要突然冒出那種奇怪發言啊！不是啦，那是在史萊姆中也特別危險的……」

人家難得配合她，芸芸卻不知為何發起脾氣來的時候，黑色的東西蠕動了一下。

「哦？那個女孩知道我啊……」

「「「說話了！」」」

黑色的東西突然說話，害我們不禁驚叫出聲。

「大姊姊，瓊脂史萊姆說話了！妳竟然做出那麼誇張的東西！應該說，不過就是史萊姆，卻有腦袋是怎麼回事啊！」

「腦袋的部分固然也很神祕，不過聲音到底又是從哪裡發出來的啊！話說回來，我都害怕起自己的才能了……沒想到我的瓊脂史萊姆竟然會達成這樣的進化……！」

「妳們兩個，該驚訝的都不是那些吧！」

不像大吵大鬧的我們，只有芸芸提高了警戒。

「明明不是人形卻會說人話……這種是只有位階非常高的怪物才有可能辦到。你到底是何方神聖！」

芸芸從腰部後方拔出魔杖，指著對方擺出架勢。

「……何方神聖，是吧……老實說，我也不知道自己是什麼。不過……」

「芸芸小姐，那是我們家的孩子！一定是在我不知道的時候幾經波折之後誕生出來的！那個孩子是瓊脂史萊姆亞種……名叫洽皮！沒錯，那個孩子從今天開始就是洽皮了！」

那隻以格外嚴肅的聲音訴說著什麼的史萊姆，在話還沒說完之前，就被賽西莉取名為洽皮了。

但是洽皮瞬間出現沉思的動作之後表示：

「不，根據我僅存的些微記憶，我的名字應該不是洽皮才對。而且，種族名更加不是瓊脂史萊姆那種搞笑的名稱……」

「你真是個乖孩子呢，洽皮！來，別在這種地方玩耍了，和我一起回家吧，洽皮！……惠惠小姐，會說話的史萊姆這種東西，喜好此道的行家們可不會放過。怎麼辦，大姊姊要變成大富翁了。如果事情一切順利的話，要不要跟大姊姊去約會啊？」

看來洽皮已經注定要被賣給同好了。

而且，賽西莉還順便邀了我去約會。

到時候再叫她請我吃好吃的東西吧。

「妳這個女人從剛才開始就很吵耶！我不叫洽皮，我的名字應該更接近蘭斯或是文斯之類的感覺才對！」

洽皮如此大聲抗議，和饅頭一樣大的嬌小身體不住顫抖。

「為什麼啊，洽皮比較可愛吧！惠惠小姐怎麼辦，洽皮突然就進入叛逆期了！」

「雖然不太清楚是怎麼回事，不過請你冷靜下來，洽皮先生。我覺得那個名字很帥氣喔。」

「名字被紅魔族稱讚我也不會開心啦！……紅魔族？沒錯，就是紅魔族！」

不知為何突然暴怒的洽皮倒抽一口氣，像是察覺到了什麼似的。

「妳們兩個退到後面去！不可以碰那隻史萊姆！錯不了的，那是對物理攻擊和魔法都具備強大抗性，擁有光是碰到就會當場斃命的劇毒的凶惡怪物……！」

不知道是不是紅魔族的血統使然，芸芸從剛才開始就一個人激動到不行。

……不對，激動的不只芸芸。

「我為什麼知道紅魔族這個名稱？為什麼會知道紅魔族的命名品味很奇怪……？我到底是何方神聖……」

像是在確認自己的存在似的，洽皮不斷自問自答。

「芸芸小姐，妳要怎麼負責？才剛出生的洽皮這麼快就已經受到紅魔族的影響了。」

「染上紅魔族色彩的史萊姆聽起來很帥氣啊。可是芸芸，妳的設定太小兒科了。既然要給設定的話應該附加一些更令人絕望的能力吧。比方說會巨大化或是會發出光線之類的，會變成人也不錯。」

「妳們兩個認真一點！這隻史萊姆很危險！」

在眼睛閃著紅光的芸芸大吵大鬧的時候，洽皮仍然不住顫抖，像是又要想起什麼似的。

「我很危險……？沒錯，以前的我很強。正如那個紅魔族所說，光是觸碰就能夠讓敵人斷氣。光是看到我，任何人都會感到恐懼，自動讓路……」

「惠惠小姐，他們兩個玩得那麼起勁，我們是不是也該做點什麼才好啊？洽皮還說出那種過去的我就像尖銳的小刀之類的台詞。再這樣下去很有可能會搞出黑歷史來，是不是應該在那之前阻止他們啊……？」

「噓——現在正是最精彩的時候，所以還是再稍微觀察一下吧。他們兩個一定是在心中研擬什麼過去曾經大戰過一場之類的，類似這樣的設定吧。」

我們決定拉開距離，以溫馨的眼光守候著彼此對峙的芸芸與洽皮。

「這樣的我為何會在這裡？為什麼叫史萊姆們去幫我收集食物？還差一點點……還差一點點就可以想起什麼了……！」

「雖然不太清楚是怎麼回事，不過危險的你待在這裡會造成我們的麻煩！如果你發誓不會危害人類，乖乖回森林裡去的話，我就不對你出手！」

兩人之間維持著嚴肅的氣氛，不知怎地讓我有種強烈的被排擠感。

聽芸芸如此宣告，洽皮頓時瞬間僵了一下。

「妳說的話我無法接受。看來，我似乎有什麼事情要在這個湧出熱水的地方辦。不知為何，我只知道玷汙這個地方是我的使命。而且……」

明明只是隻史萊姆卻表現出精湛演技的洽皮。

「而且，妳竟然說『不對我出手』！現在知道妳是紅魔族了，我怎麼可能放過妳啊！我最討厭紅魔族和阿克西斯教徒了！」

面對與之對峙的芸芸，如此嗆聲。

明明是毫無戰鬥力的史萊姆，這股毅力倒是令人敬佩。

「惠惠小姐，我養育洽皮的方式好像錯了。那個孩子居然說出討厭紅魔族這種話來。」

「他也說了討厭阿克西斯教徒喔。還不都是因為妳之前一直疏於養育他。」

就在這個時候。

「對了，我想起自己為何討厭紅魔族和阿克西斯教徒了！沒錯，我全部都想起來了！」

洽皮一副現在是最大的表現機會似的，整隻劇烈地顫抖……！

「我是死亡劇毒史萊姆，同時也是魔王軍幹部之一！沒錯，我的名字是……」

「我是阿克塞爾首屈一指的魔法師，同時也是紅魔族之一！沒錯，吾乃惠惠！」

「……妳是因為氣氛越來越熱烈而忍不住跟著演起來了對吧，惠惠小姐。但是不可以喔，妳不應該在人家的表現機會插嘴。」

忍不住激動起來的我不小心打斷了洽皮報上名號的台詞。

「不好意思，我體內的紅魔族之血躁動了起來……洽皮先生，請你繼續把想說的說完吧。」

「妳們兩個從剛才開始就在鬧怎樣的啊！想礙事的話最好滾一邊去！……等等，不對，我記得妳！」

或許是因為我從剛才開始就一直潑冷水吧，洽皮把矛頭指向了我。

「大姊姊，我是不是也應該配合一下啊？雖然這種設定很隨便，不過就當作我和洽皮先生在前世是競爭對手如何？」

「這樣的話現任競爭對手芸芸小姐太可憐了吧。不然這樣，當作洽皮是妳素未謀面的父親如何？」

「這樣的話，我那人在紅魔之里的現任父親也太可憐了吧……洽皮先生覺得哪邊比較好啊？」

「那種事情一點也不重要！應該說妳不記得了嗎！雖然我的尺寸變小了，不過那個時候妳曾經和我大戰一場不是嗎！」

洽皮激動地顫抖，如此力述。

「他說那個時候曾經和我大戰一場，所以大概是比較喜歡前世的競爭對手的設定吧。」

「我覺得父親的設定比較好說。知道自己是史萊姆的女兒之後惠惠小姐因為絕望而墮入黑暗面。最後因為身為聖女的我的祈禱而恢復正常，之後便永遠幸福快樂地生活在一起。」

墮入黑暗面那一段還有點吸引人，但是最後的發展就令人不敢恭維了。

「「你覺得怎樣？」」

「妳、妳們兩個傢伙，給我適可而止……！」

就在我和賽西莉詢問洽皮的時候。

「『Inferno』！」

芸芸的聲音響徹這一帶，同時灼熱的火焰隨之燃起。

連同在周圍抖動的瓊脂史萊姆大軍，火焰吞噬了洽皮嬌小的身體。

「洽皮——！」

賽西莉見狀，淚眼汪汪地放聲尖叫。

「對、對不起，賽西莉小姐……可是，那隻史萊姆……」

芸芸歉疚地瑟縮了起來。

不過，再怎麼說，賽西莉都替牠取了名字，還和牠交談過。

即使對方是瓊脂史萊姆還是產生感情了吧。

為了安慰涔涔淚下賽西莉，我撫摸著她的背。

「嗚、嗚……明明肯定可以賣個好價錢的說……明明可以把洽皮高價賣出的說……人家原本想用賺到的錢和惠惠小姐約會的說……還有，那些長得很不錯的瓊脂史萊姆，也全部都不見了……」

「展現出那麼精湛的演技的洽皮會死不瞑目喔。而且那些瓊脂史萊姆到處跑來跑去的一定髒得要死，還是不要吃比較好。」

在我們說著這些的時候，掩蓋住地面的火焰逐漸平息。

……這時，一個清脆的碎裂聲在四周迴響。

有人踩了因為高熱而變成玻璃狀的地面。

「不愧是紅魔族，威力相當不錯呢。不過，身為魔王軍幹部的漢……」

「還活著！還活著啊，大姊姊！洽皮還活著！」

「太好了。」

看見洽皮毫髮無傷的模樣，我和賽西莉牽起彼此的手表現出喜悅。

「妳們在高興什麼啊，求求妳們認真一點！」

「妳們真是夠了，至少讓我報上名號吧！算了，我受夠了！我先解決剛才攻擊我的這個傢伙！之後再收拾以前將本大爺轟成粉身碎骨的那個小矮子！」

牠口中的小矮子，我想不用猜也是指我吧。

沒想到竟然會有瓊脂史萊姆想找我打架。

「竟然承受得了『Inferno』，看來你不是普通的死亡劇毒史萊姆！既然如此……

『Lightning Strike』——！」

隨著芸芸的聲音，一道落雷直接命中了洽皮的身體。

嬌小的身體用力抖了一下之後，洽皮儘管冒出煙來，卻還是撐住了。

「以妳的年紀而言，魔法的威力相當了得呢。不過，只能怪妳找錯對手了！區區一兩招上級魔法還打不倒本大爺！」

在如此宣告的同時，洽皮已經像被丟出來的球一樣，朝著芸芸快速飛了過去。

就在我們以為即將撞上的瞬間，芸芸整個人飛撲出去，倒在地上。

「惠惠小姐、惠惠小姐！我們家洽皮和芸芸小姐開始上演充滿緊張感的戰鬥戲碼了！」

「那個孩子的配合度也太高了吧。大概是因為長年以來沒有朋友，即使是史萊姆，只要願意陪她玩就讓她很高興了吧。」

「怎麼可能啊！妳沒看見我是拚了命在閃躲嗎！」

洽皮那麼小一隻，被撞到了感覺也受不了什麼傷，不過看來她是在堅守剛才提到的，被洽皮碰到就會死掉的設定吧。

而這樣的芸芸舉起魔杖，對準再次飛來的洽皮用力一揮。

「洽皮飛得好遠啊……芸芸小姐真是的，看起來玩得很開心呢。」

「真的耶。有洽皮陪妳玩真是太好了呢，芸芸。」

「夠了喔妳們，快點幫忙啦啊啊啊啊啊啊啊啊啊！」

上氣不接下氣的芸芸淚眼汪汪地舉著魔杖，而洽皮蹦蹦跳跳地回到她的面前。

話說回來……

「大姊姊，洽皮會不會太強了一點啊？芸芸是紅魔族的繼任族長。未經允許自稱是吾之競爭對手的那個孩子無法一招解決史萊姆，未免太不可思議了吧。」

「我把史萊姆粉末藏在阿克西斯教團的總部藏了很長一段時間，所以或許是得到阿克婭女神的庇佑之類的。」

原來如此。

「換句話說，洽皮是阿克西斯教徒嘍。既然如此那麼耐打也說得通了。」

「喂，不准把那種有損名譽的標籤貼到我身上！而且妳也差不多該發現我是誰了吧！」

或許是無法坐視自己被認定為阿克西斯教徒，洽皮的注意力轉向我們這邊來，而就在這個時候。

「『Cursed Crystal Prison』！」

「唔嗯！」

洽皮在發出驚愕之聲的同時，被關進芸芸製造出來的冰之牢籠裡面。

……怎麼搞的？史萊姆被冰起來的這幅光景，總覺得令我有點在意。

「你太大意了。不過我背負著紅魔族之名，可不能隨便就被你解決掉！」

「哈哈，原本還以為妳是個小鬼，沒想到挺有本事的嘛！接下來我們要展開的是殊死戰，在那之前我先問問妳的名字好了……！」

我是不會回首過去的女人。

不過，我還是覺得洽皮的聲音好像在那裡聽過……

反正，總之。

「吾乃芸芸！身為大法師，擅使上級魔法，乃紅魔族首屈一指的魔法高手兼繼任族長！……以往我一直對於在戰鬥之前說出這種報名台詞頗為抗拒……不過像這樣一試，其實還挺不錯的嘛……」

「哈哈，我也覺得妳的報名台詞還不賴！不過原來如此，妳是繼任族長啊。怪不得那麼強！好吧，妳盡了禮數我也該以禮待之。我就告訴妳吧，告訴妳我在這次復活的時刻之前都做了些什麼。還有中了爆裂魔法之後，我又是怎麼苟延殘喘下來的！沒錯，那是……」

既然有瓊脂史萊姆敢找我打架，身為紅魔族的我又怎麼可以不接受呢。

我拿起法杖對準洽皮之後——

「『Explosion』————！」

「妳在搞什麼啊啊啊啊啊啊啊啊啊————！」

5

驅除了洽皮之後，我們來到阿克西斯教團的總部報告來龍去脈。

「事情就是這樣，賽西莉小姐的瓊脂史萊姆在經過神祕的進化之後……」

「惠惠小姐等一下啊啊啊啊啊啊啊啊！大姊姊又覺得洽皮不是我們家的小孩了，冷靜下來想一想還是很奇怪！因為牠會說話！而且又處於叛逆期！」

「今天我真的不會原諒妳了！妳為什麼就那麼不識相！啊啊，我和洽皮的決鬥……！」

把她們兩個的發言當成耳邊風的同時，我對著留守的愛麗絲說：

「妳留下來等我們的這段期間有沒有被毛手毛腳啊？不需要忍氣吞聲喔，我認識一個住在阿克塞爾，辦案非常嚴苛的女性檢察官，隨時都可以準備對簿公堂。」

「沒事的，頭目大人。伯伯說，他年事已高所以沒什麼肺活量，拜託我替他吹氣球，除此之外沒什麼特別的……」

像是在搬運寶物一樣小心翼翼地抱著氣球的傑斯塔，在愛麗絲說完前已經拔腿就跑了。

代替因為魔力耗盡而無法動彈的我，芸芸一聲不吭地追著傑斯塔跑。

被追到教堂的角落之後，傑斯塔一臉面臨世界末日的樣子，接著下定決心把臉往氣球的吹嘴湊了過去的時候——

「『Light Of Saber』——————！」

「『Dispel Magic』！」

面對芸芸朝氣球發出的光刃，他伸出一隻手將之消除。

「傑斯塔先生，請不要用那麼誇張的方式擋這招！這個魔法只要施術者的力量夠強就可以砍斷任何東西喔！要是你的手臂不小心被砍斷的話要怎麼辦啊！」

「對著人使用那麼危險的魔法的芸芸小姐是唯一沒資格對我抱怨的人了吧！這個封入了美少女氣息的神器，將會世世代代被供奉在阿克西斯教團直到永遠。該死的叛教者，快滾出去！」

「我今天幫了你們這麼多忙還說我是叛教者是什麼意思！我饒不了你了，把那個氣球交出來！」

或許是打算直接割破氣球吧，芸芸憤怒地拔出匕首。

「……真是的，我看芸芸其實比我還要容易生氣吧。有什麼關係嘛，妳都和愛麗絲一起狩獵一隻飛龍了。我只有瓊脂史萊姆的亞種耶。」

虛脫無力地坐在椅子上的我對芸芸這麼說，而賽西莉對這樣的我抿嘴輕笑。

「惠惠小姐、惠惠小姐。惠惠小姐今天為了驅除史萊姆那麼努力，大姊姊要給妳一點好處來答謝妳。」

「沒、沒關係，不需要。妳不用客氣。以我和大姊姊的交情，不必特地答謝也沒差！」

因為耗盡魔力而無法動彈的我，現在要是被毛手毛腳也無法抵抗。

賽西莉露出笑容，右手越伸越近……

「『Blessing』！」

然後對我詠唱了祝福的魔法。

「……呃呃，妳要給我的好處就是這個嗎？」

「是啊。祝福惠惠小姐有好事上門！這樣。哎呀，難道惠惠小姐在期待我會做什麼奇怪的事情嗎？討厭啦，惠寶姊姊喜翻妮咿咿咿咿咿咿咿咿咿！」

「夠了喔，我耗盡魔力已經很累了，請不要黏過來！」

賽西莉把臉頰貼了過來不斷磨蹭。

「吶，惠惠小姐。今天的冒險我玩得很開心！」

說著，她露出滿面的笑容。

……也對，雖然好像還不足以稱為冒險……

不過，和大家一起出遠門，如果說不開心就是在騙人了。

「頭目大人，今天的冒險我也玩得很開心！我們大家再一起外出吧！」

看見愛麗絲天真無邪的笑容，我也鬆懈了下來，帶著苦笑點了點頭——

「——別以為可以就這樣畫下一個完美的句點！今天再不改正妳的觀念，我真的不會原諒妳喔！」

追著傑斯塔到處跑，終於割破了裝滿愛麗絲的氣息的氣球之後，芸芸怒氣沖沖地對我咄咄逼人。

一邊嚎啕大哭一邊撿著破掉的氣球碎片的傑斯塔真是令人不忍卒睹。

芸芸好像細心到連氣球的吹嘴都用匕首割掉了。

傑斯塔不住唸著「少女的間接接吻啊……」等等各種該判出局的發言，我想他還是應該被抓去關個一次比較好。

「搶了妳的獵物我是很過意不去，不過洽皮都那樣找我打架了，這也是無可奈何的事情吧。誰教芸芸要拖拖拉拉的。」

「誰拖拖拉拉了，那個時候反而應該聽洽皮把話說完才是正確的做法吧！」

看來今天芸芸的紅魔族血統有那麼一點點覺醒了，不過她還是太嫩了。

「和真曾經這麼說過，在戰鬥當中說起自己的故事的都是三流貨色。他還說過，說要讓你們安心上路而把自己策畫的壞事一五一十地說出來的尾王，最後多半都會被幹掉。還有，如果碰上尾王說起自己的故事，我一定會趁隙發動奇襲。」

「我覺得和真先生應該要挨很多人的罵才對。」

就在這個時候。

眼睛的顏色因為大哭了一場而變得像紅魔族一樣的傑斯塔來到我們身邊。

「姑且不論那個叛教者，惠惠小姐真是做得太好了。身為教團最高負責人，我要再次向妳道謝。」

「不用啦，反正我也還算玩得很開心。」

而且，這裡的人們我也不是不認識。

雖然有點……不對是頗為……相當變態，不過阿克西斯教徒們基本上都不算是壞人吧，我覺得啦，應該……

正當我越來越沒有自信的時候，傑斯塔忽然像是在閒聊似的問了我：

「這麼說來，惠惠小姐。妳小隊裡那位阿克西斯教的大祭司小姐……日子過得好嗎？」

「你說阿克婭嗎？好到一天當中將近一半都在睡覺呢。她每天都過得很開心喔。」

而且經常被自己的得意忘形害到哭出來。

不過為了阿克婭的名譽，這個還是別提好了。

「這樣啊，那就好。」

傑斯塔彷彿爺爺聽到寶貝孫子的近況似的，露出那種鬆了一口氣的放心表情之後。

「願惠惠小姐，以及其小隊的各位，得到神之祝福——」

說著，他對我露出祥和的笑容——

6

當天晚上。

「我回來了——」

「哇啊啊啊啊啊啊啊——！你從剛才開始就一直贏一直贏到底要贏幾次才甘心啊——！你作弊了對不對！你瞞不過我清明澄澈的雙眼！」

我一打開豪宅的大門，就聽見阿克婭的哭聲迎接我。

「喔，妳回來啦——今天很晚回來呢。上哪兒玩去啦？」

推開一邊大聲哭喊一邊纏著他不放的阿克婭，坐在疊疊樂前面的和真這麼問我。

「今天去了阿爾坎雷堤亞。我們在那裡經歷了一趟小小的冒險。」

聽我這麼說，原本還在哭喊的阿克婭停下動作。

「等等，惠惠，妳們要去那麼開心的地方為什麼不帶我去啊？說到阿爾坎雷堤亞就想到水之都，說到水就該想到我吧？過來這邊坐好。我要連作弊的和真一起好好對你們訓話。」

「阿克婭明明就被禁止進入阿爾坎雷堤亞了吧。」

阿克婭在沙發上拍了拍，示意要我坐下。

這時，朝著躺在地毯上的點仔伸出手指和牠嬉鬧的達克妮絲表示：

「我也有點想去阿爾坎雷堤亞。被那裡的怪異團體找麻煩，老實說，我並不討厭。」

也不知道到底是喜歡上哪一點了，她說出這種令人難以理解的話來。

「等一下，達克妮絲，不要把我們家的那些孩子說成怪異團體好嗎？賽西莉曾經說過，這個國家的王公貴族當中，有些人比紅魔族和阿克西斯教徒還要奇怪呢。」

「竟、竟然說出這種話來！喂，阿克婭，下次把那個賽西莉帶過來！我要解開她對貴族的偏見！」

或許是身為貴族千金頗有微詞，達克妮絲突然站了起來。

「對喔，仔細想想，我何必找遊戲方面普遍都很強的和真先生，明明還有感覺對這種事情很弱的達克妮絲在嘛。吶，達克妮絲，和我玩疊疊樂吧。每輸一次，就要代替對方負責倒垃圾一天。」

「這樣啊，妳以為找笨手笨腳的我當對手就贏得了了嗎？這種事情比起手巧不巧，更重要的是腦袋好不好喔。好吧，我接受妳的挑戰！」

順應了阿克婭的挑釁，達克妮絲在疊疊樂前面坐了下來。

「妳接受了喔，達克妮絲。會用一些奇怪的方式作弊的和真也就算了，唯有達克妮絲我一點都不覺得會輸。因為我有錦囊妙計。」

「很好，那就展現妳的錦囊妙計出來看看吧。總不會是和真經常用的那招，說什麼我輸了就要追加很不得了的要求吧？」

「…………吶，達克妮絲，我現在就開始把這些疊疊樂疊成非常藝術的形狀。妳就看在我這招的份上取消這次賭注好不好？」

「不好。」

沒有理會開始玩疊疊樂的兩人，我拖著魔力只有恢復一點點的身體，癱坐在和真身旁。

「看妳今天好像特別累的樣子。不過既然妳去的是阿爾坎雷堤亞，我大概可以猜到發生了什麼事就是了。」

「……這樣啊，你想聽我的冒險故事是吧？」

「並沒有那麼想聽。」

和真一邊從地毯上把點仔抱起來，一邊冷淡地對我這麼說。

「……吶，阿克婭，妳為什麼老是要挑感覺很難的地方啊？」

「我也不知道。只是，我身為大娛樂家的熱血會不斷洶湧，告訴我應該從難度高的地方抽……啊！」

「那就麻煩妳負責倒垃圾嘍。」

不知道在吵鬧什麼的兩人固然讓我有點好奇，但我還是開始告訴和真今天的冒險內容。

「我們今天在阿爾坎雷堤亞驅除瓊脂史萊姆。所謂的瓊脂史萊姆這種東西，其實是一種小看不得的生物……」

同時在內心不住盼望，明天這個人總該願意陪我去冒險了——

「吶，達克妮絲，再一次！不是啦，剛才那是有理由的！剛才是住在這間豪宅裡的那個幽魂女孩，把手指從疊疊樂裡面伸出來勾啊勾的……！」

第四話
魔獸森林的斬擊之光！

1

那一天。

「你這個男人到底是怎樣啊！你也差不多該放棄了吧！」

都已經快要中午了，和真還是不打算從被窩裡爬出來，而我在這樣的他身旁，拍打著棉被。

和真從被窩裡探頭出來說：

「在我的故鄉有一句名言，叫作現在放棄的話比賽就結束了。將這句話銘記在心的我，絕對不會放棄。」

「我覺得這是一句很棒的話，但你肯定用錯地方了！今天我一定要叫你陪我去冒險！」

再次把頭縮回去的和真，無論我怎麼拉棉被都不肯出來。

但是和真與我在力氣上差了一大截。

這點程度的抵抗我輕輕鬆鬆就可以……

「『Create Water』。」

「…………喂。」

和真從被窩裡伸出手，以魔法把我弄得一身濕。

正當渾身滴著水的我僵在原地的時候，和真再次探出頭來。

「妨礙吾之睡眠者將面臨災禍。汝若是不立刻離開此地，接下來將會遭受塵土魔法之玷汙。」

「不要以為你用那種有點帥的方式說話我就會乖乖退下！而且你竟然敢對我這樣！我要用你的棉被擦乾我濕答答的身體！」

「住、住手，我的棉被會濕掉！我知道了，是我不對！妳這樣會害別人以為我尿床！」

我撲到棉被上面大鬧，害得和真連忙起床。

「再說了，妳最近這陣子不是每天都去冒險嗎？一下子打倒蟾蜍，一下子又打倒瓊脂史萊姆的吧？」

從棉被裡爬出來的和真，一邊伸懶腰一邊對我這麼說。

「我想對付的不是那種小嘍囉，而是想去打倒更大隻的怪物。上次芸芸還和愛麗絲一起打倒了飛龍呢。相較之下，我解決的只是洽皮喔。」

「洽皮是誰啦。」

——我們來到樓下，看見達克妮絲一身千金大小姐似的打扮，正準備著要出門。

「妳、妳怎麼了，惠惠，怎麼濕成那樣？」

「被這個男人用水魔法潑的。」

達克妮絲聽到被水魔法潑的部分起了反應，又按捺不住地問：

「是喔……妳到底是為什麼會慘遭他如此對待？」

「我爬到棉被上想叫和真起床，結果他興奮了起來，突然對我伸出魔爪。而且他把我弄得濕答答也不滿足，還威脅我說再不出去就要玷汙我。」

「是我不好，可是妳也挑一下遣詞用字好嗎！還有達克妮絲也不要在那邊扭來扭去！」

……話說回來。

「達克妮絲也趕快去換衣服吧。我們要去冒險耶。」

「不、不是，我接下來要去領主官邸處理等我核章的文書工作……」

手上拿著一疊文件的達克妮絲難以啟齒地如此回答我。

「我好不容易才把和真叫醒，為什麼達克妮絲非得去做那種事情不可啊！妳說說看妳的職業是什麼！」

「是代管領主和公爵家千金！啊，不可以，把文件還給我！妳的手濕濕的，碰了會害墨水糊掉！」

正當達克妮絲從我的手上拿回文件，看著暈開的墨水而露出快要哭出來的表情時。

「不好意思，今天我也沒辦法陪妳去冒險喔。賽西莉說她在阿爾坎雷堤亞收到的伴手禮是很好喝的酒。我們接下來要在阿克西斯教堂辦宴會。」

緊接在達克妮絲之後，準備外出的阿克婭也這麼說。

「怎麼連阿克婭都說出這種話來！而且現在還是白天耶！妳說說看妳的職業是什麼！」

「是女神啊。」

我自己說這種話好像也怪怪的，不過這個小隊真是一盤散沙。

就在這個時候。

有人敲了門，於是和真去玄關應門，結果出現的是個熟悉的女性面孔。

「喔，這不是櫃檯的大姊姊嗎。真拿妳沒辦法，妳來到這裡就表示公會又需要我的力量了是吧？」

站在門外的是冒險者公會的櫃檯小姐。

和真一見到她便裝模作樣地笑著對她這麼說，然而……

「啊，不是！我的確是來委託工作的沒錯，不過要找的不是佐藤先生，我們接到的委託指定要找惠惠小姐……」

「…………」

沒有理會陷入沉默的和真，我拉起披風用力一掀。

「這樣啊，指定要找我的委託是吧？看來委託人相當值得期待呢。好，妳就帶我去那個冀望吾之力量的人身邊吧！」

「不好意思，我不知道妳為什麼一身濕，不過我可以等妳換好衣服再走也行喔……」

2

知道人家要找的不是他之後，和真開始鬧彆扭，於我丟下這樣的他來到了冒險者公會。

「委託人是柏頓先生。出任務的地點是王都。」

「我還是回去好了。」

聽到委託人的名字就打算走人的我被抓住披風攔了下來。

「妳、妳是怎麼了，惠惠小姐！請等一下，這位委託人是捐了很多錢給冒險者公會王都總部的善心人士……」

「那種事情我才不管呢。之前我接過那個人的委託，委託人是個喜歡怪物的變態。只有我一個人的話負擔太沉重了，你們另請高明吧。」

說完，我作勢要離開現場，但大姊姊還是不肯放開我的披風。

「惠惠小姐，妳真的無所謂嗎！這是現在最熱門的柏頓教授的委託喔！那位寫了《柏頓教授的球藻都能懂的生物學》而出名的柏頓教授喔！」

「我不是說那種事情我才不管了嗎！而且，那個人什麼時候變成那麼出名的人了啊？我接受他的委託的時候，你們對待他的態度明明就更隨便吧。」

沒錯，之前接受委託的時候，他還是個廢到不行的大叔。

應該不是公會需要顧慮的人才對啊……

「因為那位先生發表了過去被視為夢幻怪物的王者蟾蜍的生態，一躍成為倍受矚目的生物學界權威了嘛。」

「妳剛才說什麼？」

剛才蹦出來的怪物的名字我無法當作沒聽到。

「我是說王者蟾蜍。生態不明，棲息地區也不明，只有名稱越傳越遠。這種宛如都市傳說一般的稀有怪物的殘骸，經由柏頓教授提交給公會……」

我拿出自己的冒險者卡片，確認上面的討伐欄。

「大姊姊，請妳看一下這裡。上面寫著王者蟾蜍對吧？王者蟾蜍是不是懸賞對象啊？」

「咦？為、為什麼會會小姐的卡片上有討伐紀錄……這、這個嘛，由於這是才剛證實其存在的稀有怪物，所以獎金的部分很遺憾的……」

「這樣啊……」

明明是那麼大隻的怪物卻沒有獎金啊。

話說回來，沒想到那個柏頓先生會變成生物學界的權威呢……

「咦！王者蟾蜍底下這個，寫著死亡劇毒史萊姆『洽皮』的掛名怪物是……」

不對，等一下喔。

既然是生物學界的權威，就表示柏頓先生可能變成富翁了。

而且，他一舉出人頭地和我們的協助應該有很大的關係才對吧？

明明狩獵了那麼大隻的怪物，他之前給我們的委託金卻非常微薄。

……好！

「惠惠小姐，這個洽皮是……」

「那我就接受委託好了！」

——拿了委託書的我丟下好像有話想說的大姊姊，在公會裡面開始找人。

我在找的，當然是在這種時候特別可靠的、強大又會用瞬間移動魔法的摯友。

「我叫畢特，這個傢伙是克萊莉絲。職業分別是戰士和祭司！」

「我們今天剛來到這個城鎮，想說如果妳願意的話要不要一起組隊。妳是魔法師對吧？乍看之下妳好像沒有固定小隊，以職業均衡而言這樣應該也很不錯吧。」

我環伺了一下公會裡面，一下子就找到了我的摯友。

不過情況好像不太尋常。

被兩個年紀和我差不多的人搭話，芸芸露出一臉傻愣的表情，左右張望了一下自己身邊。

不久之後，她以顫抖的手指著自己說：

「……你、你們該不會是在對我說話吧？」

「那還用說嗎，不然還有誰啊？」

「啊哈哈，妳該不會是在緊張吧？沒關係啦，我們也是第一次出任務！」

看來是來到阿克塞爾的新進冒險者在搭訕芸芸。

「啊、啊啊啊……我叫芸芸！雖然還不成氣候，不過請多多多、多多指教！」

大概是接到這樣的邀約讓她開心過頭了，芸芸眼眶泛淚，低頭鞠躬。

「不用那麼緊張啦。我還在村子裡的時候打倒了好幾隻怪物，別看我這樣，其實已經等級4了喔。」

「芸芸這個名字好可愛喔！雖然我才等級2，不過穿的可是準備好的鎖子甲呢。對付蟾蜍保證沒有問題！」

名字被那個叫克萊莉絲的女孩稱讚，讓芸芸的臉頰瞬間刷紅。

「包、包在我身上，我會用紅魔族祖傳的強力練等方式『養殖』來帶你們，保證一天就讓你們兩位的等級變成兩位數！」

「哈哈，真是太可靠了！話說回來，我是不是在那裡聽過紅魔族啊？」

「我也聽過……對了，芸芸現在等級多少了啊？該不會已經會用中級魔法了吧？」

被問到等級的芸芸瞬間僵了一下，但立刻試圖以笑容帶過。

「等級是吧……原則上是已經會用中級魔法了啦！」

「何止中級魔法而已。這個孩子可是連瞬間移動魔法和上級魔法都已經學會的，等級超過40的大法師呢。」

我從背後如此吐嘈，讓芸芸整個人僵住。

「等等、等級超過40！」

「大法師！」

我好聲好氣地向兩位驚叫出聲的新手解釋。

「而且她並不是普通的大法師。她是生來便具備極高的魔法師天資的紅魔族。如果你們是新進冒險者的話，還是先和等級差不多的人一起組隊比較好喔。」

「像我們這種菜鳥不應該打擾妳的，非常抱歉！」

「對對對、對不起！我們才剛到這個城鎮什麼都不知道！我們會重新來過！」

「啊啊！等、等一下……！」

聽了我的建議，兩名新手連忙離去。

芸芸伸出一隻手試圖挽留他們兩個，而我輕輕抓住這樣的她的肩膀，對她搖了搖頭。

「讓他們去吧。相信他們一定可以找到能夠和自己平起平坐的隊友才是。我們資深冒險者能做的，就只有靜靜看顧他們了。」

聽我說到這裡，芸芸雙手揪住我的衣領。

「啊啊啊啊啊——！」

「妳、妳在做什麼！請等一下、妳冷靜一點！我、我的脖子被妳勒住……！」

3

讓抓狂的芸芸冷靜下來之後，我們來到王都。

「……真是的，芸芸未免太暴躁了吧。再說了，身為紅魔族的繼任族長，請妳不要和菜鳥組隊好嗎，要是故鄉的大家知道了可是會翻白眼喔。」

「妳是最沒資格說我暴躁的人！……嗚嗚……好不容易才有人邀我組隊的說……」

於是我向依然在哭哭啼啼的芸芸說明了來王都的原委。

「妳不是已經有我這個隊友了，接下來我們要去冒險呢。要去約愛麗絲一起接柏頓先生的委託。」

「妳說的柏頓先生，是那位有點奇怪的學者先生嗎？吶，我們帶愛麗絲去沒問題嗎？我看那位大叔這次真的會因為不敬罪被判死刑吧？」

話雖如此，我在阿克塞爾接到的委託書上寫說要帶上次的成員嘛。

仰望著佇立在眼前的王城，芸芸不安地低語：

「而且，我也開始覺得像這樣隨隨便便來王城不太好了……」

「有事求見——！」

「聽人家把話說完好嗎！」

或許是已經記住我們的長相了吧，守門大哥露出嫌惡的表情。

「我來約愛麗絲出去玩。請幫我傳話說她的朋友惠惠來了。」

「妳這樣隨隨便便來約我國的公主殿下出去玩，我們也很傷腦筋……」

「妳看，王城的人也這麼說了，我們回去吧！柏頓先生的委託就算只有我一個人也會設法幫妳解決啦！」

聽士兵那麼說，芸芸連忙激動地如此表示。

「連要出什麼任務都不知道，兩個魔法師跑去是想怎樣。我們需要的是實力堅強的前鋒，而且應該也很難找到比愛麗絲還要強的前鋒了吧？」

「妳們是來找愛麗絲殿下在出任務的時候當前鋒嗎！既然是這樣，我更不可能幫妳們傳話了！」

「妳看——！」

沒有理會快要哭出來的芸芸，我想到了一個好主意。

「不然這樣好了。你代替愛麗絲跟我們走。既然是王城的士兵，應該足以擔任前鋒的工作吧。」

「我還在工作啊……」

「不好意思，這個孩子有點笨！我馬上帶她回去！」

沒禮貌的芸芸用力拉著我的手的同時，我說：

「這樣好嗎？你打算就這樣讓身為愛麗絲的朋友的我們在沒有前鋒的狀態下出任務啊？只有兩個女孩子喔。如果我們遭遇到什麼不幸的話，愛麗絲一定會很傷心吧。」

「呃呃……」

「不好意思、不好意思！請不要理會這個孩子說的話！」

正當芸芸對著一臉傷腦筋的士兵大哥不斷道歉的時候，一個穩重的大叔從城門旁的辦公室現身。

「那我去吧。我的執勤時間再過一下就結束了。」

「咦咦！隊長，你是認真的嗎！」

那位大叔被稱為隊長，原來如此，看起來確實很強。

「我原本是冒險者，應該不至於拖累妳們才對。而且，勤務結束之後，我明天沒有排班。既然是愛麗絲殿下的朋友，我更沒有理由不幫忙了。前鋒的工作交給我吧。」

隊長露出莫測高深的笑，信心十足地對我們這麼說。

「芸芸，有個看起來很強的人上鉤了。看起來他應該夠格代替愛麗絲。」

「把王城的人帶走真的可以嗎？不過，這樣就不會讓愛麗絲碰上危險，相較之下總是好一點吧……？」

不久之後城裡響起鐘聲，似乎是通知工作告一段落的聲響。

「好，下班時間到了。今後需要前鋒的時候由我陪妳們，妳們以後可別再找愛麗絲殿下了喔。」

「好吧，愛麗絲大顯身手也會讓我的表現機會變少，仔細想想這樣正好。今後我還是不要約愛麗絲好了。」

說著，我和隊長對著彼此開懷大笑。

這時，為了吸引我們的注意，芸芸大動作指了指城門。

「……」

站在敞開的城門後面的，是鼓著臉頰，淚眼汪汪的愛麗絲。

4

「是怎樣啦，真是的！真是的！沒想到頭目大人竟然那麼薄情！」

「我也沒辦法啊，因為妳是公主殿下嘛。」

前往位於王都的冒險者公會的路上。

心情還沒轉好的愛麗絲鼓著臉頰。

而在這樣的愛麗絲身旁，芸芸露出略顯依依不捨的表情說：

「不過，那位大叔看起來也很強呢。難得有這個機會，請他也跟著我們一起來不是比較好嗎……」

「就是說啊，難得他都自告奮勇了。」

被稱作隊長的那位大叔原本表示想和我們一起來順便當愛麗絲的護衛，但是……

「前鋒有我一個人就綽綽有餘了！今天我要讓妳們見識一下我有多能幹！」

「妳像這樣幹勁十足的時候我的表現機會就會變少！身為基層人員麻煩妳低調一點！」

一路幼稚地鬥嘴的我們抵達了王都的公會，只見生物學者柏頓似乎是等到再也坐不住了，已經站在門前。

「我等妳們好久了！哎呀，真是多虧妳們願意過來！」

柏頓一見到我們，便用力將臉上的眼鏡往上一推，同時對我們這麼說，聲音聽起來非常開心。

對此，愛麗絲也帶著笑容回應。

「好久不見了，柏頓先生！聽說柏頓先生發現王者蟾蜍的功績獲得了認同，連帶的讓著作也變得極為熱賣。恭喜你！」

但是柏頓一副沒有聽到愛麗絲的聲音似的，一直盯著我這邊看。

感到狐疑的芸芸歪著頭說：

「……柏頓先生，你怎麼了？總不可能是忘記愛麗絲了吧？你的不敬罪會再加重喔。」

見柏頓依然保持不語，我輕聲開了口：

「好久不見了，柏頓教授。」

「好久不見了，惠惠同學！這次我正式獲得博士學位了！一切的一切都是妳們的功勞，真是太感謝妳們了！」

看來沒有在名字後面加上教授他就不想回話的樣子。

這個人的個性似乎還是一樣難搞。

「那、那個，柏頓教授，讓我再次問候你，好久不見了。聽說《球藻都能懂的生物學》成了暢銷書，恭喜你。」

「是啊，謝謝妳，愛麗絲同學！需不需要我的簽名啊？」

「不、不需要……」

依然不知道愛麗絲的真實身分的柏頓一副心滿意足的樣子，豪邁地大笑。

「吶，惠惠，我看還是在出任務的時候找機會處理掉這個大叔比較好吧……」

「妳真的是偶爾會狠得下心的那種人呢，這個大叔似乎也已經變成名人了，請妳不要那麼做喔。」

正當我和芸芸交頭接耳的時候，柏頓忽然露出認真的表情切入正題。

「好了。這次，身為生物學界的權威兼暢銷書作家的我之所以叫妳們來，所為無他。其實是這樣的，在上次任務當中請妳們打倒王者蟾蜍之後，隔天順利帶來萬里無雲的好天氣，但是……」

這麼說來，他確實說過打倒王者蟾蜍可以結束雨季。

我記得柏頓之所以發出討伐王者蟾蜍的委託，是因為他的意中人，酒店的芭貝拉小姐說明天放晴就願意和他約會之類的無聊理由。

到頭來，那位芭貝拉小姐是他的青梅竹馬，事情和我們原本以為的不一樣，是一段會讓人希望他們兩個的感情能夠順利發展的佳話……

「你和芭貝拉小姐怎麼了？最後的結局還是柏頓教授的一廂情願嗎？」

「妳說的這是什麼話啊。託妳們的福，我和芭貝拉發展得很順利，上次她還主動說想和我約會呢。動不動就對我撒嬌說想要這個想要那個的芭貝拉真是可愛極了。」

柏頓露出陶醉的表情，嘴角不禁鬆懈。

「原來如此。因為你從落魄的自稱教授搖身一變成了暢銷書作家……」

「惠惠，噓——！有些事情明知道也不可以說出來！」

丟下摀住我的嘴的芸芸，愛麗絲帶著試圖模糊焦點的笑容站上前去。

「所以說，柏頓教授這次叫我們來是為了什麼理由呢？」

「喔喔對了！其實是這樣的，我對芭貝拉百依百順，什麼東西都買給她了，但是只有最後逛進珠寶店裡的時候我一時衝動之下買的訂婚戒指她不肯收。那可是那間店裡最高級的戒指呢……」

……原來如此。

「換句話說逢場作戲的禮物她願意收，但那種真心的只是個麻煩，是吧……」

「妳說話可以不要這麼直接嗎！」

聽我這麼說，柏頓露出苦笑。

「果然是這樣嗎……？沒關係，這次的委託，其實是我想找妳們商量戀愛問題。因為妳們上次教了我何謂女人心，而我照妳們的吩咐去做也真的很順利。不過，或許真的是我一廂情願吧……」

「是啊。實際上我之所以來到這裡，也是因為我們討伐了王者蟾蜍讓教授功成名就，才想說來敲一筆追加報酬的。」

「妳不要動不動就把話題扯開好嗎！」

正當從旁插話的我被芸芸推開的時候。

「我很明白芭貝拉小姐的心情！」

愛麗絲緊緊握起拳頭，帶著不知為何閃閃發亮的眼神突然說出這種話來。

她一邊秀出套在自己的手指上那枚不像公主該戴的便宜戒指一邊表示：

「請看！這枚戒指並不是什麼昂貴的東西。但是，在我收過的珠寶和戒指當中，這才是最珍貴的寶物。芭貝拉小姐一定是覺得，其他禮物姑且不論，唯有戒指這種東西，她想要的是確實蘊藏著你的心意的一枚。所以……！」

我記得那枚戒指是和真送給她的。

正當我因為她得意地炫耀著戒指而不爽的時候，柏頓嘆了口氣。

「妳一個小丫頭談什麼女人心啊……」

「人家這麼認真回答你的煩惱，你是怎樣啊，真是的！真是的！」

愛麗絲不斷用力拍打著柏頓，然而柏頓卻露出隱約可以看出茅塞頓開的表情對她說：

「不過雖然說是小丫頭，卻也是女性的意見。原來如此，蘊藏著心意的戒指啊……」

說完，他煩惱了一陣子之後。

「惠惠同學。我要更改委託內容！我想叫妳們去取得某樣東西！」

「請你道歉！請你為了把我當成小丫頭而道歉！」

被愛麗絲用力搖晃的柏頓如此宣言。

5

同樣說是蘊藏心意的禮物，但形式卻是因人而異。

頻繁地造訪熱門名店，買到原本光是預購便銷售一空的東西，這樣的話我認為其中蘊含的心意也十分足夠了。

如果是手指靈巧的人，親自動手做也不錯。

如果是拚命工作，買了相當於三個月薪水的戒指，無論價格高低都很令人高興。

如此一來，生物學者所能準備的，蘊含著心意的禮物就是——

「柏頓先生柏頓先生柏頓先生——！」

「妳應該稱呼我為柏頓教授啊，芸芸同學！那些傢伙是魔法吞噬者！如今數量銳減，應該已經很少有機會能夠看見了才對……是一種具備吞食魔力的特性的精靈型稀有怪物！」

在王都旁的森林當中，我們被輕飄飄的發光體追得到處跑。

「柏頓先生，魔法對這種怪物起不了作用！牠們沒有弱點嗎！」

「妳應該稱呼我為柏頓教授啊，芸芸同學！魔法吞噬者幾乎能夠吸收所有魔法攻擊。魔法師想打倒這些傢伙的話，唯有直接將施術者的力量轉化為攻擊力的『Light Of Saber』魔法，以及能夠不由分說地對所有事物造成傷害的爆裂魔法這兩招最實際了！」

聽他這麼說，芸芸高舉右手詠唱魔法。

「『Light Of Saber』——！」

耀眼的光芒一閃之後，一隻發光體被砍成了兩半。

但是……

「柏頓先生，牠黏回去了！」

「妳應該稱呼我……！算了，妳要對一隻施展大概一百次『Light Of Saber』才行！如此一來一定可以……」

「魔力不夠啦！沒有其他方法了嗎！沒有的話只好叫惠惠施展爆裂魔法了！」

我是很想說現在正是我上場的時候，不過這片森林裡棲息著許多強大的怪物，用爆裂魔法對付一閃一閃的發光體感覺很浪費。

「原則上，使用蘊含著魔力的武器攻擊牠們也能夠造成傷害！但是想打倒魔法吞噬者的話，必須使用非常強大的武器……」

就在柏頓說到這裡的瞬間，追趕我們的魔力吞噬者當中的一隻化為四散的光芒消失了。

仔細一看，愛麗絲正拿著一把微微發著光的劍砍向第二隻魔法吞噬者。

看來她這次似乎把那把國寶什麼什麼之劍帶來了。

或許是看見這一幕便放心了吧，氣喘吁吁的柏頓停下腳步說：

「真有妳的啊，愛麗絲同學。回到鎮上之後我幫妳簽名。」

「不、不需要……更重要的是，這種怪物明明這麼強，為什麼數量會減少啊？」

葬送著魔法吞噬者的同時，愛麗絲拋出這麼一個疑問。

「這個問題問得好啊，愛麗絲同學！那是因為魔法吞噬者具備著一種特質，會受到強大的魔力所吸引，進而對高等級怪物發動自殺式攻擊。過去魔王城也曾遭受成群的光芒包圍，這件事情很有名呢。」

……強大的魔力。

「換句話說，這些魔法吞噬者是被現場的強者吸引過來的嘍？」

「就是這麼回事，惠惠同學。換句話說，喚來魔法吞噬者的犯人就在我們當中！」

解決掉最後一隻魔法吞噬者的愛麗絲被柏頓目不轉睛地盯著看，便轉過頭去輕聲說：

「不愧是頭目大人和芸芸小姐，紅魔族的魔力還真厲害。」

「好吧，是有妳說的那麼厲害啦。」

「我不覺得是惠惠和我吸引過來的就是了……」

收起劍的愛麗絲秀出一條看起來很昂貴的項鍊給柏頓看，並且表示：

「不、不是我的魔力喔。上次瓊脂史萊姆因為感應到我的魔力而逃跑那件事讓我學到了教訓，這次我帶了能夠抑制魔力外洩的強大魔道具過來！」

「強大的魔道具也會吸引魔法吞噬者。」

聽他這麼說，愛麗絲將強大的魔道具項鍊，以及超越魔道具的神器聖劍藏到背後默不吭聲。

「所以柏頓教授，你想找的水晶獅虎有著落了嗎？」

沒錯。

我們之所以會在森林深處，最根本的原因就是為了讓柏頓有蘊含著心意的禮物可送，而前來尋找據說已經絕種的水晶獅虎。

那是全身覆蓋著有如水晶般的寶石的一種怪物，來自牠的稀有素材鮮少在市場上流通。能夠打倒牠就可以得到名聲與財富，所以成為許多冒險者所追尋的目標的超級稀有怪。

但也因為其稀有性，導致濫捕狀況日趨嚴重，現在一般都認為水晶獅虎已經絕種……

「肯定在這片森林裡面。身為生物學界的權威，我敢肯定。水晶獅虎的戒心很重又狡猾，尋常的冒險者大概連痕跡都找不到吧。不過換成是我的話……」
正常來講這種時候我應該吐嘈他在說什麼蠢話，但是這個人有找到王者蟾蜍的成就。
既然他都說得這麼果斷了，可能有什麼根據吧。
我們已經來到森林的深處，柏頓一直都注意看著腳邊。
「哦……？」
在地面上探查了一陣之後，柏頓帶著專注的表情用木棒挖土。
挖著挖著，土中冒出一塊黑色的東西。
找到被藏在樹後面，而且上面還蓋了土的那塊東西之後，柏頓一臉認真地端詳了起來。
或許是被他的舉動激發了好奇心，連愛麗絲也跟著蹲了下去，在柏頓身旁開始觀察那塊東西。
「這個黑色的東西是什麼啊？」
「呵呵，妳很好奇啊？拿妳的劍戳戳看吧。」
愛麗絲乖乖聽柏頓的話用劍尖戳了一下，只見那塊黑色的東西從中間裂開……
「好、好臭！柏頓教授，這到底是……！」
「是怪物的大便……住、住手，不要把劍尖指到我這邊來！」
沒有理會淚眼汪汪地擦著聖劍的愛麗絲，柏頓觀察著碎開的糞便。

「肯定沒錯！大便裡面混著堅硬的碎片！這果然是水晶獅虎的大便！幹得好啊，愛麗絲同學，多虧有妳亂戳大便我們才能找到那個傢伙的痕跡！」

「不好意思，可以換個說法嗎……」

用國寶亂戳大便的愛麗絲哭喪著臉如此控訴。

「找到水晶獅虎的大便是很好，但是接下來該怎麼找出牠的下落呢？如果有個具備追蹤技能的弓手在的話，還可以憑著大便追上牠……」

「吶，惠惠，可以不要一直提那兩個字嗎？」

聽了我的疑問，柏頓露出勝券在握的笑容表示。

「戒心重的怪物對於排泄地點和方式也很小心。既然這裡有大便，就表示這附近是牠的地盤。」

說著，柏頓東張西望地觀察附近，不久之後找到某種東西撿了起來。

「我找到了！這是水晶獅虎的外皮的一部分！大概是為了去除老舊的角質，在樹上摩擦身體吧！牠還細心地敲碎了再埋起來，但是瞞不過我的法眼！」

那是非常小的寶石碎片。

即使拿來作成戒指，也只有小指的指甲尖端大小，差不多就是這樣的寶石。

「那麼，接下來只要找到本尊就可以了。獅虎類的怪物動作非常快，不過用爆裂魔法進

行大範圍攻擊應該就可以解決掉了吧。」

但興奮不已的柏頓不知為何板起臉孔搖了搖頭。

「不，用不著那麼做。水晶獅虎是比魔法吞噬者還要稀有的怪物。所以，要是遇見牠的話，我們只能帶走牠的尾巴尖端。獅虎的尾巴即使被砍斷了也能夠馬上長回來。光是尾巴尖端的寶石也足以製作一枚特大號的戒指了吧！」

「居然在這種奇怪的地方發揮生物學者風範。不過，尾巴的尖端是吧。既然如此……」

我們的視線，集中到抱著劍的愛麗絲身上。

「——水晶獅虎最喜歡閃閃發亮的寶物，而且越是昂貴的寶石牠們越是熱愛。無論戒心再怎麼重，應該也違抗不了這樣的本能才對。話雖如此，這次我能夠準備的只有便宜的寶石就是了……」

來到距離發現獅虎的大便之處稍遠的空曠地點，柏頓隨手撒著寶石。

「喜歡發亮的東西這種特性在龍族身上也可以見到。對此，自古以來就有各式各樣的臆測，像是黃金和寶石蘊藏著魔力，或是具備迷惑生物的力量之類……惠惠同學……惠惠同學！請不要在我剛撒出寶石之後就到處撿走！」

無意識之下撿拾著寶石的我因為這句話而回過神來。

「原來如此，看來寶石確實具備著迷惑生物的力量呢。沒想到就連身為紅魔族對魔法具備相當抗性的我也會遭到操控……」

「妳這只是窮酸個性吧。」

把芸芸的吐嘈當成耳邊風的我將剛才撿的寶石撒了出去，就在這個時候。

忽然感覺到某種強力的視線，於是我轉過頭去，看見的是一隻站在穿落枝葉間灑下的陽光中，閃閃發亮的貓科怪物。

那隻像是大了一號的初學者殺手的怪物，視線落在愛麗絲的胸口。

那裡有著一條庶民根本買不起的，看起來就很昂貴的項鍊……

「……我有事想問愛麗絲，妳那條同時也有魔道具功能的項鍊，上面鑲了許多看起來很貴的寶石，請問價值大概有多昂貴呢？」

「…………聽說也是國寶之一……」

緊緊盯著項鍊不放的水晶獅虎，朝著愛麗絲衝了過去——！

6

「芸芸，交給妳攔阻牠了！要是愛麗絲遭受攻擊導致國寶被帶走的話會演變成嚴重的問題！」

「愛麗絲，快逃啊啊啊啊啊！『Bottomless Swamp』——！」

掌握住事態嚴重性的芸芸哭喪著臉發動了泥沼魔法。

但即使腳邊突然出現了一窪無底沼澤，獅虎也只是不慌不忙地縱身一跳，利用林木當成立足點節節逼近。

牠看也不看我們一眼，足見牠的目標有多麼明顯。

獅虎筆直朝向舉著劍將柏頓護在背後的愛麗絲，滴著口水奔馳而去。

「以初學者殺手為首的那些人稱獅虎系的怪物們全都很擅長爬樹！芸芸同學是不是沒看過如今已是暢銷書的我的著作啊！身為冒險者這樣要扣分喔！」

「如果沒有不能打倒牠的限制，我一開始就不需要攔阻牠了！牠有沒有什麼弱點啊！」

右手拿著拔出來的匕首，左手舉著魔杖的芸芸發出悲痛的叫聲。

逃到我身旁來的柏頓露出得意的笑容開了口：

「想知道弱點問我就對了！獅虎系的怪物沒辦法用前腳搆到背後！所以，想摸牠們的頭的時候就從背後悄悄接近……」

「惠惠，拜託妳準備爆裂魔法！」

「初學者殺手系列的怪物都很帥氣我很喜歡，不過這也是無可奈何的事情。」

「且慢！且慢啊！」

儘管我已經放棄切斷尾巴而準備炸死牠，柏頓卻抓著我的法杖不肯放。

愛麗絲見狀，便放下手上的劍擺出架勢。

「芸芸小姐！我會赤手空拳壓制住獅虎，妳可以趁機使用『Light Of Saber』魔法砍下牠的尾巴尖端嗎！」

「赤手空拳——！愛麗絲，已經夠了！不需要管牠是不是稀有怪物了，快討伐牠吧！」

「芸芸同學，等一下，身為生物學者，再怎麼樣我都不能接受那樣的做法！」

不肯死心的柏頓一面搖頭一面巴著芸芸不放。

而我伸手拍了拍這樣的柏頓的肩膀。

「柏頓先生，你身為生物學者的志向非常偉大。但我們真的有必要為了保住那隻獅虎，甚至不惜讓愛麗絲面臨危險嗎？讓別人涉險而取得的寶石，芭貝拉小姐會願意收嗎？」

我帶著認真的表情如此勸說。

「嗚嚕嚕嚕嚕嚕嚕，咕嚕嚕嚕嚕嚕……！」

與愛麗絲對峙的獅虎看見她丟下劍，更加提高了警覺，停下腳步。

雖然說有項鍊抑制她的魔力，野生動物的直覺似乎還是起得了作用吧。

不愧是獅虎系的怪物，果然很聰明。

「惠惠，妳是怎麼了！我不是告訴過妳再怎麼窮也不可以隨便撿東西吃嗎！我看妳是吃了長在附近的不明菇類對吧！」

人家在認真講事情的時候芸芸卻吵個沒完。

「請妳暫時閉嘴好嗎，害我沒辦法成功說服他的話要怎麼辦！要是愛麗絲或是國寶有了什麼閃失，我們搞不好會腦袋搬家耶！這種時候就應該說些動聽的場面話混過他的委託！」

「那種事情應該說得更小聲一點才對吧！……不過，也對。說的也是……讓一個小丫頭以身犯險得到的寶石，芭貝拉收到也不會開心吧……」

「柏頓先生，你明明一直躲在我背後，卻還是堅持把我當成小丫頭的話，我也是會生氣的喔！」

和獅虎大眼瞪小眼的愛麗絲如此大喊，而就在這個時候。

「愛麗絲同學，這裡就交給我了。那條項鍊借我一下。」

柏頓帶著蘊藏著決心的堅定眼神站上前去。

芸芸見狀，連忙開始詠唱魔法。

這段熟悉的咒文，想必是她所擅長的「Light Of Saber」吧。

「柏頓先生，聽說那條項鍊是國寶喔。如果你想槓走之後自己落跑，我勸你三思。」

「惠惠同學，請不要在緊要關頭妨礙我！你們聽好了，這裡由我當誘餌。如果獅虎朝我撲過來，妳們就抓準那個瞬間砍下尾巴的尖端。我是生物學者柏頓。在面對怪物的時候，我可不能感到害怕！」

「「柏頓教授……！」」

在芸芸和愛麗絲感動地叫出來的時候，我看見站上前去的柏頓的膝蓋不住顫抖。

「我勸你還是別太逞強比較好喔。難得都已經得到名為教授的權威以及名為版稅的鉅款了。還是放棄芭貝拉小姐，找個更年輕的女孩來代替她吧。只要有你得到的財富與名聲一定可以進行得很順利。」

「惠惠同學是不是討厭我啊！為什麼妳動不動就要插嘴攪局！」

柏頓一邊從愛麗絲手上接過項鍊，一邊大聲抗議。

就在這個時候。

「……獅虎的狀況不太對勁耶，總覺得牠突然害怕了起來……」

剛才還在嚇唬愛麗絲的獅虎停下動作，整隻僵在原地。

簡直就像是撞見絕對強者似的，變得像家貓一樣……

「啊啊！我把抑制魔力的項鍊拿下來了，大概是因為這樣……！」

愛麗絲如此放聲大叫，讓獅虎抖了一下。

「這麼說來，那是妳為了不讓弱小的怪物逃走才帶來的魔道具是吧。因為把那個拿下來了……」

「你、你不用害怕喔。沒事的，你看，我手無寸鐵！」

為了顯示自己手上沒有武器，愛麗絲露出微笑，展開雙手給獅虎看。

但她的努力並未奏效，獅虎還是一點一點後退……

「這樣如何啊啊啊啊啊啊啊啊！」

柏頓如此怪叫，突然脫光了衣服。

「芸芸，新的稀有怪物出現了。這對愛麗絲的教育有不良影響，請妳先打倒這隻吧。」

「我知道了。我之前就很擔心他會不會對愛麗絲怎樣，但還真沒想到竟然會做到這種程度。」

我和芸芸擺出架勢，結果新品種的怪物口沫橫飛地對我們抗議：

「我現在可是很認真的！妳們聽好了，獅虎系的怪物有一種對強者表示服從的姿勢！像這樣在地上躺平，露出腹部和喉嚨等要害！我這是在讓牠覺得我是弱者，避免牠逃跑！」

「獅虎現在不是在害怕愛麗絲，而是在害怕柏頓先生喔。」

看見脫到剩下一條內褲還招手要牠過去的柏頓，獅虎退得更大步了。

「莫非是因為我在生物學者業界已經脫胎換骨了嗎！身為權威的霸氣外漏讓獅虎不禁為之臣服嗎……」

「看見柏頓先生這種珍奇異獸，任何生物都會有所防範啦。」

就在這個時候。

「『Light Of Saber』——！」

「！」

完成魔法的詠唱之後，芸芸砍向獅虎的尾巴。

但是已經進入警戒態勢的獅虎在千鈞一髮之際躲過攻擊。

「愛麗絲，趁現在！」

「好的！包在我身上！」

於是我一腳踢飛掉在地面上的聖劍，而愛麗絲也在聖劍滾到自己身邊之後，立刻就撿了起來——！

7

離開森林深處的歸途。

在我們看見入口的時候，時間已經將近傍晚了。

「弄得還真晚啊。真擔心他們有沒有為了找愛麗絲而引起騷動。」

聽我這麼說，愛麗絲輕輕抖了一下。

「是啊。不過，該擔心的不只這個吧？」

芸芸接著這麼說，讓愛麗絲再次顫抖。

「……不知道我的版稅夠不夠賠償那條項鍊……」

「對、對不起！我保證不會給各位添麻煩的！」

聽了柏頓的碎唸，愛麗絲連忙道歉。

「那也是無可奈何的事情，看見獅虎露出那種表情真的沒轍。應該說，愛麗絲果然還是個小丫頭呢。到了我這個程度的話，即使要將依偎在一起看起來很恩愛的大蔥鴨夫婦炸死都可以。」

「妳也應該多找回一點人性才對吧。」

後來，拿起聖劍的愛麗絲砍向獅虎，但是……

「話說回來，忘記水晶獅虎是初學者殺手的高階怪物這一點還是太大意了。先跑來撒嬌黏人然後趁隙硬搶項鍊，再怎麼狡猾也該有個限度吧。」

對手是據說智商很高的獅虎種。

獅虎看見愛麗絲明顯在猶豫該不該攻擊，便狀似愉悅地開始撒嬌，接著抓準了瞬間的破綻叼走項鍊逃跑。

也就是說完全被牠抓到了鬆懈下來的時候。

「算了，追根究柢，還是貪心說什麼要水晶獅虎的寶石的我不好。愛麗絲同學的家長那邊就由我負責道歉賠償吧。放心吧，身為生物學界的權威兼暢銷書作家的我都要低頭道歉了，妳應該不至於挨罵才對！」

至今還沒發現愛麗絲的真實身分的這個大叔，我看還是被王城裡的高層好好罵過一頓比較好。

這時，芸芸露出苦笑。

「柏頓先生是委託人，我們並不打算讓你做那種事情。對於冒險者而言，在任務中失去裝備也沒什麼稀奇的。」

「沒、沒錯，一開始把那麼昂貴的項鍊戴出來的是我，和柏頓先生沒有關係！父親大人那邊，我會先幫他摀肩膀然後趁機坦承……」

也不知道是受了誰的影響，最近變得越來越心機的愛麗絲如此表示。

「項鍊姑且先不管好了，柏頓先生的訂婚戒指又該怎麼辦呢？」

「「唔……」」

愛麗絲和芸芸聽見我的發言，輕聲呻吟了一下。

但是——

「那個不成問題。妳們看這個！」

說著，柏頓拿出了一顆非常小的結晶體。

那是在找到水晶獅虎的痕跡時撿到的東西。

「妳們想想，愛麗絲同學不也說過嗎？蘊含著心意的東西比價格更重要。雖然只有這麼小，但這是我自己取得的結晶，是最能夠代表我的心意的東西了吧……還、還是不行嗎？」

一開始還很興高采烈的柏頓，看見我們傻眼的表情，語氣當中慢慢失去了自信。

於是我對如此不安的柏頓說：

「……我覺得還不賴啊，看來你比之前更懂女人心了嘛。」

說完，我對他笑了一下。

「——那麼，你得趕快找人加工成戒指才行。柏頓先生，我不是在附和惠惠，但我覺得一定沒問題。畢竟，那可是據信已經絕種的水晶獅虎的結晶，芭貝拉小姐一定會很高興！」

打起精神來的芸芸這麼說，柏頓聽了原本開心地點了點頭，突然之間卻臉色大變。

「對、對喔！既然水晶獅虎現身了，不就又要開始遭到濫捕了嗎！」

……啊。

「我們還是放棄那個孩子吧。牠搶走愛麗絲的項鍊已經是罪不可赦，沒有同情餘地。」

「不、不行不行！身為生物學者，這樣……！」

應該說。

「上次找到夢幻的王者蟾蜍的時候，我可沒看到你那麼擔心絕種不絕種的問題。」

「請不要把我最喜歡的獅虎種和蟾蜍混為一談。」

這個大叔真的是……

「不然就當作你和芭貝拉小姐沒有緣分吧，我們該回去了。我們還得早點把愛麗絲送回去才行……」

「是啊，還有最重要的項鍊的問題要處理。」

「等一下！等一下！妳們幫了我很大的忙，而且我也非常信賴妳們！能不能讓我借妳們紅魔族的智慧一用呢！應該有什麼能夠光明正大地亮出這顆寶石，而且又不會讓獅虎被追殺的方法才對吧！」

儘管覺得苦苦哀求的柏頓很麻煩，我還是開始思考有沒有什麼能夠以紅魔族的身分辦到的事情——

「有啊。只要打倒水晶獅虎就可以了。如此一來牠就不會被追殺了。」

「我並不喜歡那種機智問答。」

柏頓拿著閃閃發亮的寶石，臉上寫滿了煩惱。

而我對這樣的柏頓說：

「幸好今天沒有出現必須由我出馬的強敵。因為這樣，我才能夠保留我的魔法。」

「……？惠惠同學，妳在說什麼啊？」

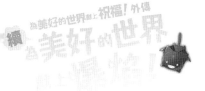

看著柏頓露出一臉疑惑的表情，芸芸似乎想通了我話中的含意，表情頓時扭曲了起來。

「妳、妳先等一下！這裡已經離王都很近了喔！妳真的要動手的話，也得去更深入森林的地方才行……！」

聽到這裡，愛麗絲似乎也察覺到接下來會怎樣了。

「頭目大人，沒問題的！我會以貝爾澤格公主的身分，當妳討伐獅虎的證人！」

「嗯嗯！」

聽愛麗絲這麼說，柏頓突然發出一陣怪叫。

而芸芸對著這樣的愛麗絲苦笑。

「愛麗絲，就算妳說要當證人，冒險者卡片也有個機制，討伐過的怪物都會記錄在上面……」

「沒問題！」

「沒問題嗎！不對，妳不可以直接把這個問題處理掉喔，愛麗絲！」

對芸芸露出燦爛的笑容的愛麗絲，最近真的越來越像我們的豪宅裡的某人了。

「那麼，看來是不成問題了。好了，柏頓先生，一國的公主和紅魔族的大法師都願意為你做到這種地步了。這樣你的求婚還不成功的話，我們可饒不了你喔。」

「咦——……」

一臉茫然的柏頓冒出這道聲音，視線則是從剛才怪叫的時候就一直落在愛麗絲身上。

瞧他大量冒出奇怪的汗珠，看來事到如今他也發現愛麗絲的真實身分了。

一臉緊張的柏頓，還有臉色蒼白的芸芸，加上表情隱約顯得有點興奮的愛麗絲。

在這樣的三個人的注視之下，我舉起法杖如此宣言：

「聽好了喔，你們所有人都要記好我接下來的說詞喔。基於生物學者柏頓先生的協助，我們在王都的森林當中發現了一般認為已經絕種的水晶獅虎。聽說那是稀有怪物之後，我克制不了自己在阿克塞爾甚至被視為當地風情的爆裂慾望而打倒了牠。可憐的瀕危物種水晶獅虎，就這麼和牠從愛麗絲身上搶走的項鍊一起在此灰飛煙滅！」

滔滔不絕地說完之後，我高聲詠唱起爆裂魔法的咒文……

「『Explosion』——————！」

然後在王都的森林當中，施展了爆裂魔法——！

——位於王都一角的小酒吧。

柏頓對著看似那間店的老闆娘的美貌女子遞出了戒指。

守在遠處觀望的我們不知道他們之間有怎樣的對答。

但是……

「柏頓先生和芭貝拉小姐都一臉很開心的樣子呢。」

「就是說啊！連結果怎樣了都不需要問，問了也只是不識趣！」

正如芸芸和愛麗絲所說，問結果也只是不識趣。

——如此這般。

「如妳所見，明明喜歡著彼此卻不斷錯過而蹉跎了好長一段時光的兩個人，都露出那麼幸福的表情了。我們見證了這麼一段佳話，不如就此結束吧？」

「什麼結束啊！王都應該已經禁止在近郊使用爆裂魔法了才對吧！什麼水晶獅虎啊，那種東西早就絕種了！」

拘束著我的，是在王都執勤的女警。

不愧是在王都工作的警官，果然優秀。

沒有這麼簡單就被我蒙混過去。

「水晶獅虎真的出現了，證據就在柏頓先生手上！雖然很小一顆，但是那顆結晶貨真價實！」

「那種事情根本就無所謂！現在的問題是，妳在距離王都沒多遠的地方施展了爆裂魔法！」

將原本就因為耗盡魔力而動彈不得的我用繩索綁了起來的警察小姐，伸出雙手捏住我的臉頰。

「住、住手！竟然對無法動彈的小女生上下其手，會這樣做的人真的是警官嗎！」

「請妳斟酌一下遣詞用字！唔，為什麼這種人會和愛麗絲殿下在一起啊……！如果不是這樣的話我早就逮捕妳了！」

警察小姐露出心有不甘的表情，看了一下望著柏頓他們露出微笑的愛麗絲，鬆開綁在我身上的繩索。

「……妳撿回一條命了。那個孩子算是跟著我的小弟。要是妳就這樣繼續綁住我的話，八成會變成聖劍什麼什麼之劍的刀下亡魂吧。」

「愛麗絲殿下才不會做出那種蠻不講理的事情。聽好了，下次妳又在王都附近施展爆裂魔法的話，我們真的會禁止妳進入這裡。」

聽了警察小姐的威脅，我說：

「我不會屈服於任何權力之下。這是我身為紅魔族的尊嚴……」

「說得再怎麼帥氣也不行喔！我說真的，請妳再也不要在王都附近施展爆裂魔法了！」

8

「下來吧，已經到了。妳的魔力也差不多恢復到最低限度了吧？可以自己用腳走了。」
芸芸送我回到豪宅前面來的時候，天色已經完全變暗了。
「……柏頓先生好像進行得很順利，真是太好了。」
「不過最後的結尾不太完美呢。為什麼只有我一個人非得挨罵不可啊？」
後來，送愛麗絲回城裡的我們被克萊兒罵了一頓。
之後，連蕾茵也罵了我們，不僅如此……
「妳被全城的人罵翻了呢。」
沒錯，從女僕和執事，甚至連士兵大叔都是，各式各樣的人都以責罵的方式來表示擔心。
寶貝的公主殿下拖到這麼晚才回來，要說不能怪他們也是沒錯……
「可是，明明是愛麗絲擅自跟來，被罵的卻是我是怎麼回事啊？除此之外，我也不過就是稍微讓國寶項鍊蒸發了而已啊。」
「闖出那麼大的禍還只是挨罵就可以了事，妳反而該感謝他們吧。」
我說一句芸芸就頂一句。
該怎麼說呢，最近這一陣子的冒險說開心是很開心，但總覺得不是我所追求的冒險。
我想要的是更不一樣的，不需要由我來制止隊友，控制隊友的那種……
「更何況，妳是我們這支小隊的隊長吧？既然如此，碰上什麼狀況的時候，妳當然得負責啊。」
平常明明就不會說這種話，芸芸卻異於往常地如此調侃我。
「隊長還真是只有辛苦的份，一點好處都沒有呢……」
「……如、如果妳當得那麼辛苦的話，換我當也可以啊……妳也知道，我是即將成為繼任族長的人，無論如何都得練習帶領大家才行……」
眼神當中帶著期待的芸芸忸忸怩怩了起來，讓我有點不爽。
「話說回來，今後該怎麼約愛麗絲出去冒險呢？那個孩子的等級高成那樣，沒有那條抑制魔力的項鍊，怪物們會全部逃光吧。」
「和我們在城裡道別的時候，愛麗絲也是一臉遺憾呢。真想幫她想點辦法……所、所以啊，關於隊長的事情……」

愛麗絲堅稱我們找到的水晶獅虎被我討伐了，這件事本身總算是不了了之，但到頭來國寶項鍊還是被偷走了。

如果對手是感應到愛麗絲的強大魔力也不至於逃跑的強大怪物的話，要約她去冒險倒也可以，只是……

「想拿回項鍊的話，只靠我們大概不可能吧。」

首先，愛麗絲和芸芸還有我都過度專精於戰鬥，除了戰鬥以外的事情什麼都辦不到。

這次必須探查、追蹤逃跑的怪物，可能還需要能夠做出精準指示的人。

而且最重要的是。

「憑我們這種像是一盤散沙的小隊……」

「等一下，最有問題的問題兒童憑什麼說得像是別人的錯啊？」

只靠涉世未深的公主和邊緣女孩，即使有個坐擁世界最強大的火力以及高度智慧的隊長，這也是不可能的任務，這點我很清楚。

「吶，妳為什麼要看著我的臉嘆氣？我看妳沒有什麼自知之明吧。」

在最近這陣子在沒有和真的冒險當中，我深刻體會到了。

比起指示別人，隨心所欲地大顯身手比較符合我的個性。

「愛麗絲的項鍊交給我解決吧。因為有個人在這種時候特別可靠。」

聽我這麼說，芸芸似乎知道我在說誰了。

「……和真先生總是這麼辛苦呢。」

……我也覺得芸芸說得很對。

不但攻擊打不到人還有異常性癖的達克妮絲。

運氣差到動不動就出包，一不注意就老是多做多錯的阿克婭。

隊友裡面有兩個問題兒童要處理，即使和真再怎麼厲害也得傷神費心個沒完吧。

不過相對的，還有我在輔助他就是了。

「好了。今天真的弄到太晚了。報告過今天發生了什麼事之後，我明天早上再試著拜託和真幫忙。別看他個性那樣，到頭來還是很溫柔的人，他一定會設法解決這個問題。」

「…………和真先生還真的總是這麼辛苦呢。問題兒童最難搞的一點，就是會覺得自己是最正常的一個。」

目送一邊說著這種讓人聽不太懂的事情，一邊對豪宅投以同情的眼神的芸芸離開之後。

「我回來了——」

一心想著要報告今天的冒險故事的我，推開了大門——

最終話
為寶石獸獻上爆焰！

1

我還想說最近這一陣子每天都很和平，原來都是我的錯覺。
有個傢伙一大早就突然說有事情找我商量，結果……

「妳再說一次。」

我這麼問跪坐在豪宅大廳的地毯上的惠惠。
我坐在沙發上，上半身向前傾，而坐在我身旁的達克妮絲則是合不攏嘴，整個人僵住……
「吶，惠惠，妳說妳去討伐水晶獅虎，為什麼那種可以賺錢的事情妳不帶我去呢？還有，上次妳去阿爾坎雷堤亞的時候也一樣，我也是事後才聽說的耶。」
「好，妳可以閉嘴了，現在的問題不在那個層次。」
不知為何一樣跪坐在惠惠身旁的阿克婭把臉湊了上去。

我清了清喉嚨之後說：

「所以，妳剛才說了什麼？」

「昨天，我和大家去冒險……經過了一番如此這般之後的結果，一條國寶級的項鍊被一隻名叫水晶獅虎的怪物搶走了。我們想去拿回來，所以想問你願意跟我們去嗎？」

我抱著頭跪倒在地。

「就是這樣！這就是我不想去冒險的理由！吶，為什麼妳老是要惹出問題來啊！虧我原本還以為妳已經比以前懂事多了！別的不說，最近就連阿克婭都很乖好嗎！」

正當我以為原本像隻瘋狗的惠惠，比起我們剛認識的時候也已經變得安分許多的時候就搞出這種事……！

「不，和真，其實阿克婭昨天……」

「吶，達克妮絲，我的評價好不容易才變得比較好了，妳為什麼要多嘴呢？我打算在和真為惠惠闖出來的禍收拾殘局之後，再趁亂坦承。在嚴重的失敗之後坦承輕微的失敗，也只會得到一句『真拿妳沒辦法』就結束了吧。」

「唔啊啊啊啊啊啊啊啊啊啊啊啊啊啊啊啊！」

知道還有其他火苗在燒，我不禁放聲大叫。

這時，低著頭好一陣子的惠惠忽然抬起頭來，靦腆一笑。

「昨天，我和大家去冒險……」

「妳幹嘛假裝沒事再來一次啊！而且那個微笑是什麼意思？是怎樣，妳以為只要稍微陪個笑臉我就會縱容妳了嗎！這次我可不會去喔！每次都得幫妳們幾個收拾善後，妳們有沒有站在我的立場想想看啊，知不知道要統整一個小隊有多辛苦啊，妳們這些蠢材！」

惠惠的笑容從臉上剝落，我還聽見咬牙切齒的聲音。

「人家好聲好氣拜託你，你這個男人是怎樣！統整一個小隊的辛苦，最近這陣子我已經有很深刻的體會了！是很辛苦，我現在了解和真有多辛苦了！你很棒很了不起，一直以來真的是辛苦你了！這樣可以了嗎！反正你最後還是會陪我們去，你現在越拖延只是會浪費越多時間！」

這、這這、這個臭婆娘——！

「終於惱羞成怒了是吧，妳這個小蘿莉！我饒不了妳這個傢伙，從今天開始我每天都要用『Drain Touch』吸走妳的魔力讓妳失去戰鬥能力！今後沒有我的允許，妳都別想施展爆裂魔法！」

「你、你在說什麼蠢話啊？唯有這個威脅再怎麼說都不是鬧著玩的喔。我們做人有些事情可以說，有些事情不能說，你剛才說的那個形同是使盡全力跳過了一道不應該跨越的界線喔。」

惠惠迅速站了起來，露出僵硬的笑容，整個人散發出前所未見的恐懼之感，一點一點後退。

而我拿出拘束技能用的鋼絲，「咻咻咻」地用力甩動，像是在嚇唬她。

「我叫佐藤和真。是個說要做什麼就會去做，會盡全力遵守約定的男人。對抗世間的不公不義，對得意忘形的紅魔族加以制裁之人。看來是最近這一陣子的生活過得太散漫了吧。阿克婭也好、妳也罷，各個都完全不把我放在眼裡了，所以我偶爾也該展現一下認真起來的樣子。」

惠惠汗如雨下，不久之後像是切換了開關似的露出柔和的微笑。

「你先冷靜一下好嗎，和真，我為剛才亂發脾氣道歉。所以你不要那樣亂甩鋼絲了好不好？我喜歡上的和真，不是會做出那麼過分的事情的人。即使我們耍任性或是添了什麼麻煩，最後還是會一邊抱怨一邊解救我們，你是這樣的人才對。呵呵，是不是最近這陣子我都一個人去冒險所以你在鬧彆扭啊？真拿你沒辦法，今天我們就整天待在豪宅裡面安穩地度過一天吧。」

「『Bind』。」

我不由分說地施展拘束技能，讓惠惠倒在地毯上。

「和真！我知道了，對不起！無論是剛才亂發脾氣，還是硬是想要營造氣氛試圖蒙混過關我都道歉！好、好我知道了，可以請你不要再靠近了嗎！我要求談判！我們來談判吧，和真！」

「阿克婭，這是殺雞儆猴！接下來我要吸取惠惠的魔力，讓她無法使用爆裂魔法！至於對付妳的報復行動，妳記好是和擺在妳房間裡裝飾的奇型石和高級酒有關就行了！」

「和和、和真先生，我又沒有亂發脾氣，應該用不著報復我才對吧？不過你說的對，我最近是太依賴你了，所以昨天我不小心闖出來的那點小禍我自己會想辦法解決喔，所以你不用對我做任何事情喔。」

沒有理會帶著害怕的表情躲到達克妮絲背後去的阿克婭，我伸出手貼近惠惠。

「和真————！請等一下，請原諒我，真的非常抱歉！不是啦，人家只是想稍微鬧一下彆扭而已，因為你最近完全不理人家嘛，所以人家無可奈何之下才和芸芸她們去冒險，其實我只是想跟和真還有大家一起去冒險而已啦，拜託你我什麼都願意做，我有在反省了請原諒我！」

就在我的手即將觸碰到惠惠的頸項那一剎那。

「什麼都願意做，是吧。」

見我停下動作，三人冰冷的視線集中到我身上來。

「……沒有啦，我是覺得無所謂啦，你也不是現在才這樣了……不過，每次親眼目睹你對慾望多麼沒有抵抗力的時候，心情還是很複雜……」

惠惠這麼說完，嘆了一口氣，但是……

「沒有喔。妳說什麼都願意做，但是我並不打算要求什麼色色的事情喔。不要以為我是每次都可以靠色誘解決的好騙男人喔。」

「和真到底是怎麼了？難道中了什麼奇怪的詛咒嗎？」

「憑我能夠看清一切的法眼，也看不出他中了詛咒啊。」

沒有理會交頭接耳的兩人，我對著一臉愕然的惠惠說：

「那麼接下來，我將以佐藤和真之名執行爆裂魔法的封印儀式。妳想要施展魔法的時候必須經過我……沒錯，必須經過妳的主人我的許可才行。」

「主、主人！那是怎樣聽起來也太帥氣了吧！不過，你可別以為搬出封印啦主人之類的有點像那麼一回事的辭彙我就會對你言聽計從喔！」

我對嘰嘰喳喳吵個沒完的惠惠使用了「Drain Touch」，將她的魔力吸取到剛好不足以使用爆裂魔法的程度。

「唔，害怕吾之力量的邪惡尼特，竟然對我施加了如此堅固的封印……！不過你記好了，當此封印解除之時，世界將陷入爆焰之中……」

「就是因為妳老是說那種話我才會封印妳的爆裂魔法啦。起來，該走了！既然妳都開出什麼都願意做的這種條件，我就特別幫妳這一次！」

「妳看吧，達克妮絲，和真先生果然很好騙。」

「噓！聲音太大了，妳小心一點……吶，和真。有一件更重要的事情我想問你一下。」

原本還在和阿克婭交頭接耳的達克妮絲，帶著看似充滿期待的表情說：

「你要怎麼處置惠惠和阿克婭我知道了，但如果我鬧出什麼糾紛來的話，會碰到怎樣的遭遇啊？」

「我會叫妳穿上充滿荷葉邊的衣服，然後聚集鎮上的冒險者開攝影會……」

「我只是姑且問一下而已喔，我什麼都沒做喔！」

2

我們整裝離開豪宅之後，我再次問惠惠：

「所以，要找那個什麼水晶獅虎是無所謂，不過妳知道該從何著手嗎？」

「到了王都之後我自有打算。順道一提，聽說獅虎喜歡高級的寶石。」

高級的寶石……

「吶，達克妮絲……」

「不要。」

我什麼都還沒說就立刻被拒絕了。

「這個狀況才是妳該表現的時候啊。妳就只有家世好到有剩，總該有一兩顆寶石吧？」

「因為我覺得會回不來所以不要！我們家的寶石全都是具有歷史價值的東西好嗎！」

聽到這裡阿克婭拔腿就跑，惠惠也跟在她後面追了上去。

大概是前往達斯堤尼斯宅邸了吧。

「妳們兩個打算上哪去……等等和真，為什麼你拿著刻有我們家的家紋的項鍊！你想用那個來做什麼！」

我一邊目送她們兩個，一邊拿出達克妮絲之前借給我之後就沒有還給她的項鍊在她眼前甩啊甩的。

「混帳，把那個還給我！你已經不需要那個東西了吧！」

「這個東西有很多方便的用法呢。我最近最喜歡的用法，是故意把項鍊掛在胸前炫耀，然後在看起來像貴族的人前面晃來晃去。」

如此一來可以吸引到羨慕的眼光，還有不認識的人會請客，不過在我說明這些之前，項鍊已經被沒收了。

「你這個男人真的是……！不對，現在不是罵你的時候了，我得去追她們回來才行！」

「別這樣嘛，大小姐，咱們找間店坐下來喝茶等那兩個傢伙回來吧。」

「夠了喔，你少來，這種事情改天再說，否則她們兩個……！……原來如此，你是打算把我留在這裡是吧。很好，我就先打倒你再去追她們。」

哦？

「怎麼了，大小姐，從來沒見過妳這麼強勢呢。難不成妳以為自己贏得了我嗎？」

至今未曾贏過我的達克妮絲毫不鬆懈地擺出架勢，然而臉上卻露出得意的笑容。

「我勸你不要一直那麼小看我喔，和真。你現在會的招式當中我必須留意的就只有『Bind』而已。『Drain Touch』和『Freeze』根本阻止不了我！」

達克妮絲這麼說完，蹲低馬步，看來在提防拘束技能。

「這樣啊，不諳世事的大小姐成長了不少嘛。以前的妳明明只會憑著氣勢衝過來，接著就被我綁住，最後倒在地上。之後，就只等著在大庭廣眾之下遭受屈辱……」

「沒用的，和真。那招已經對我不管用了。」

我語帶挑釁的垃圾話還沒講完，已經被達克妮絲氣定神閒的聲音打斷了。

「你是打算用那種方式刺激我的受虐心，引誘我投降對吧？如果是以前的我或許還會上當，但是過去一次又一次被臨時收回，事與願違的經驗讓我學習到了！你每次都說要對我做出非常不得了的事情，或是要羞辱我之類的，別以為我會一直被那種甜言蜜語所迷惑！」

這叫甜言蜜語喔。

「這個嘛，如果妳真心期待那種發展的話，我是可以真的讓妳慘兮兮也無所謂，可是一旦真的發展成那樣的話妳還不是會畏縮。妳的受虐癖根本就是表面功夫。」

「表、表面功夫！你說表面功夫！我看你又是在挑釁我，想要讓我跳進你設的局裡吧？但是我可不會輸給那種甜言……！」

就在這個時候。

我們還在大街上對峙，而阿克婭她們已經捧著閃閃發亮的寶石回到我們身邊來了。

「和真，辛苦你了！我們借了很貴的寶石回來喔！」

「我們告訴達克妮絲的爸爸說這是令嬡想要的，他就把傳家之寶的寶石借給我們了。」

「喔喔，動作真慢啊……啊，怎麼了，達克妮絲？我的任務已經結束了，算我輸給妳也沒關係喔。」

興致勃勃地和我對峙結果完全被留在原地的達克妮絲輕聲表示：

「……夠了。算我輸就是了……」

說完，她轉過頭去，小小鬧了一下彆扭。

——做好萬全的準備之後，我們終於要前往王都……

「開什麼玩笑啊，為什麼只有我都已經過這麼久了還是被禁止進入啊！」

「對我抗議也沒用！我也是被上面交代，說佐藤先生打算使用瞬間移動服務前往王都的話就要把你趕回去……」

我們來到瞬間移動服務處想找人送我們去王都，但只有我一個人還是被禁止進入王都。

被我逼問的顧店小姐露出為難的表情，這時……

「借一步說話吧。上面確實是頒布了禁止這個男人進入王都的命令沒錯，不過這次是特例。我會看好這個男人不讓他在王都鬧出問題，我願意賭上達斯堤尼斯之名，在此發……發誓……」

「喂，快點說到最後啊！不要在這種時候露出沒有自信的表情！」

——我們憑著達克妮絲的權力順利抵達王都之後，惠惠一臉欲言又止地看著我們。

「怎樣啦惠惠，有什麼事嗎？」

「沒有啦……只是看到你們動用權力的場面，我忽然覺得大家的行動果然對那個孩子的教育造成了很大的影響……」

那個孩子是指誰啊？

……這時，看了我們的互動，阿克婭用力拉了拉達克妮絲的衣服。

「吶，達克妮絲，我也想像和真那樣有個達斯堤尼斯家的家紋。」

「不、不行。而且和真也已經沒有家紋了。因為我剛才沒收了。」

聽達克妮絲這麼說，阿克婭歪著頭表示：

「和真有的不只達克妮絲家的家紋喔。我上次看見他在進去一間感覺很貴的餐廳的時候，用了不是達克妮絲家的某個貴族家的家紋。我也想仗勢權力嘛。」

「喂，和真，她說的是怎麼回事！你什麼時候得到那種東西了！你用的不只我們家的家紋嗎！」

「那個叫克萊兒的女人之前給我的啦。那個很方便呢，就算穿著運動服走進專接貴族客的店裡也不會被趕出來。」

感受著一臉像是在說這個傢伙竟然這樣亂搞的達克妮絲的視線落在我的背上，我跟著前面的惠惠走著。

不久之後，我們抵達了王都的冒險者公會。

無論是建築物的大小還是所屬冒險者的素質，都比阿克西斯的好上好幾倍。

我一邊祈禱不要被凶神惡煞般的冒險者找麻煩，一邊走進公會的入口，只見惠惠一副熟門熟路的樣子，直接走向公會櫃檯。

然後她理所當然似的在櫃檯前面坐了下來之後說：

「大姊姊，我來辦那件事了。幫我叫那個人過來好嗎？」

「好的，惠惠小姐，我現在就去叫他過來。」

那是怎樣，惠惠和櫃檯小姐的互動方式看起來就像資深冒險者似的。

「喂，惠惠，妳什麼時候變成這裡的常客了？而且，總覺得公會裡的冒險者全都在看我們耶。」

「還不就是因為我最近表現得比較活躍了一點嗎，這些人真傷腦筋……」

說著，惠惠裝出一副酷樣，保持著冷靜的表情。

「喂，妳為什麼放任惠惠惡化成這樣都沒有管她啊？我不知道她之前都做了些什麼事情，不過她好像都開始產生奇怪的誤會了。」

「那種事情跟我無關啊，惠惠的監護人是和真吧？」

聽見我和阿克婭這樣交頭接耳，讓惠惠面紅耳赤。

而達克妮絲對這樣的惠惠露出溫柔的笑容。

「吶，惠惠，妳是虛榮心作祟對吧？沒關係，聽說到了惠惠這個年紀，大家都會想這樣做喔。」

「才、才不是呢，我是這裡的熟面孔！我看看……啊啊，那邊那個不是馬克斯嗎！」

惠惠紅著臉在公會裡張望了一下，叫了一個大白天就開始喝酒，鼻子上有個抓傷疤痕的男人。

「我叫雷克斯，不是馬克斯。」

手上拿著酒杯的壯漢露出有點受傷的表情如此訂正。

坐在他身旁的還有一個看起來很強勢的美女，以及揹著斧頭的男人，都對惠惠露出友善的笑容。

「唔、喂，和真，惠惠和資深冒險者相談甚歡耶！」

「吶，和真，太奇怪了。不知道為什麼，我總覺得連惠惠看起來很像資深冒險者呢。」

「妳們冷靜一點，那是暗樁。她事先付錢給他們假裝是熟人。」

「你們從剛才開始就很吵耶！為什麼我非得做那種無聊的事情不可啊！這三個人是以前曾經想挖角的人！」

聽突然激動起來的惠惠這麼說，我總算鬆了口氣。

「妳終於說錯話了吧，說什麼被挖角，這個設定太誇張嘍。」

「就是說啊，不知怎地放心下來了。」

「惠、惠惠，說那種謊話不太好喔，小心之後演變到無法收拾的地步喔。」

聽了我們的發言，惠惠用力把那個名叫雷克斯的壯漢拖了過來。

「快點，對我的同伴們說清楚講明白！」

「咦咦……！那、那個，我們以前確實挖角過惠惠喔。她是紅魔族，而且甚至連爆裂魔法都會用，所以我們邀她來王都揚名立萬。」

乍看之下不像是在說謊，不過……

「吶，是不是哪裡有在賣洗腦的魔道具之類的東西啊？」

「不對不對，是恐嚇……」

「才不是，是有人質……」

「很好，你們三個跟我出去外面！」

正當我們像這樣捉弄惠惠的時候，櫃檯小姐已經把人帶來了。

「讓各位久等了。我帶柏頓先生過來了。」

來者是個戴著眼鏡的中年男子。

「今天又見面了呢，惠惠同學！他們三個是你的同伴吧？我叫柏頓，是生物學界的權威，更是現在最熱門的大作家。要不要簽名啊？」

3

根據惠惠同學所說，國寶項鍊是在進行這位大叔委託的任務時被搶走的。

照理來說，接下委託的冒險者的裝備即使被搶走了，也是冒險者應該要自己負責才對，不過……

「惠惠同學除了昨天的委託以外也幫了我很多。如果要追蹤水晶獅虎的話，我想有我在應該也比較方便。」

「真的假的啊，惠惠同學，妳在我們不知道的地方到底做了些什麼啊？」

「惠惠同學，謝謝妳喔。多虧有妳，我才拿到這個不認識的大叔的簽名。」

現在，我們帶著對於項鍊被搶走感到歉疚而自願幫忙的柏頓，朝王都森林的深處前進。

「……對、對了，我們的目的地會不會很遠啊，惠惠同學……好痛！啊啊，為什麼只針對我……！」

大概是一直被叫惠惠同學被叫到受不了了吧，惠惠同學動手攻擊達克妮絲。

「我記得之前應該是這一帶才對，不過水晶獅虎和初學者殺手是同樣系統的怪物。牠生性狡猾，我想應該已經轉移陣地了吧……」

惠惠一邊從背後扣住達克妮絲，一邊東張西望。

「對吧，妳也這麼覺得對吧。所以，這時候就輪到我出馬了。」
柏頓這麼說完，從背包裡拿出一塊黑色的東西。
「喔，大叔有什麼想法嗎？」
「我不是大叔，叫我柏頓教授。」
「我知道了，柏頓教授！」
雖然我第一次見到這個大叔，但我總覺得可以從這個人身上聞到怪胎的味道。
阿克婭立刻和他一搭一唱了起來就是最好的證據。
「妳覺得這是什麼呢，阿克婭同學？」
「由我清明澄澈的眼睛看來，那肯定是大便。」
柏頓對著拿樹枝亂戳他放在地上的那塊東西的阿克婭說。
「妳觀察事物的眼光相當不錯嘛，阿克婭同學。沒錯，這是水晶獅虎的大便。接下來我就要用這個引誘牠過來！」
「我的觀察眼確實超級厲害沒錯，但是厲害的可不只有觀察眼喔。你要怎麼用那個我也知道了。你要叫和真先生聞那個的味道，藉此追蹤怪物對吧。」
「妳把我當成什麼了啊？」
柏頓拿手帕包起獅虎的大便，然後高高舉起來給我們看。

「獅虎種的戒心非常重，不會留下自己的痕跡。這塊大便在我和惠惠同學她們一起發現的時候，上面也蓋著土。那麼問題來了，阿克婭同學，如果這塊大便被隨便放在地上的話會怎樣？」

「牠就會覺得自己的大便被別人看見很丟臉，跑來撿回去對吧。」

「有點不太對不過大致上沒錯。牠應該會為了消除痕跡而前來處理大便才對。」

看著他們兩個大便東大便西地說完還對彼此點了點頭，我感到越來越不安。

「喂，惠惠，這個人沒問題吧？他真的是生物學界的權威嗎？真的不是隨便一個普通的路人大叔吧？」

「我也很不安，不過我認為事關怪物的話他說的都不會錯。」

和阿克婭臭氣相投的柏頓表示：

「我們的目的不是討伐獅虎，而是回收項鍊。在獅虎傻傻地現身之後，我們只要用昂貴的寶石吸引牠的注意就可以了。我們要故意讓牠搶走寶石再跟蹤牠，藉此找出牠的巢穴。」

說完，他從邊緣用力推了推眼鏡——

「——還真的來了……」

擺下大便過了一個小時之後。

聽著柏頓針對怪物高談闊論時，我的感應敵人技能有了反應。

我使用千里眼技能往有反應的方向看了過去，看見一隻全身覆蓋著寶石的大型野獸在遠方觀察著我們。

但是不知為何，牠的視線不是對準自己的大便，而是落在惠惠身上……

我像是在警戒四周似的將視線到處亂移，然後對著離我比較近的柏頓和達克妮絲輕聲說：

（喂，獅虎出現了。不過還不要做反應。繼續假裝沒發現。）

「換句話說，女體型怪物會長得那麼性感在生物學的角度上是正確的！女騎士喜歡穿缺乏防禦力的比基尼鎧甲是為什麼？是為了引誘敵兵產生慾望藉以提升存活率！一邊是穿著全套板甲看不出是男是女的女騎士，一邊是一眼就看得出是女人的比基尼鎧甲騎士！動了色心的敵兵，必定會盡可能不殺比基尼騎士，試圖活捉她當俘虜！」

「不准在女騎士傳統的比基尼鎧甲上亂套猥褻的理由！女體型怪物是為了誘惑男人加以捕食才長成那樣的吧！比基尼騎士有得是正當的理由，像是以那樣的打扮鼓舞周圍的士兵，還有照顧王族的夜生活之類的……！」

柏頓和達克妮絲沒有理會我的低語，不知為何還越辯越熱烈。

這兩個傢伙在說什麼啊？

「果然是那種理由嘛！再說，那根本連防具的基本要求都沒有達到還冠上鎧甲的名稱，未免太自我膨脹了！更何況，既然達克妮絲同學那麼推崇比基尼鎧甲的實用性，自己為什麼不穿呢！」

「沒錯沒錯！」

聽柏頓那麼說，達克妮絲的臉瞬間染上紅霞。

「不、那是因為……！我是隊上的坦，比起姿色更需要的是防禦力……」

「什麼防禦力比姿色更重要，沒有人說過那種話吧！」

這時，惠惠從旁拉了拉我的衣服，我才忽然回過神來。

（和真，獅虎來了對吧？怎麼連你都加入那種無聊的爭論啊？）

（不，這一點也不無聊，是很重要的事情。）

因為他們在討論的內容讓我無法聽過就算了，害我忍不住認真了起來。

「好，達克妮絲。妳過來。」

「你你、你想怎樣！身為公爵家的千金，我可不能穿比基尼鎧甲……」

「那件事情就算了，妳快點過來！不對，那件事情很重要其實不能算了！我的意思是叫妳過來把寶石拿出來！」

聽見把寶石拿出來的部分，達克妮絲便理解了狀況，維持看著我的狀態表示：

「獅虎在哪裡？」

「在妳後面。牠在觀察我們這邊的狀況，妳可別回頭喔。聽好了，拿出寶石的時候為了避免被發現是誘餌，要演得自然一點喔。」

達克妮絲只靠視線表示了解。

「呼，和你聊天害得我好累啊……還是來欣賞寶石撫慰心靈好了，這可是我每天的例行公事呢。」

那是哪門子例行公事啊？就想不到別的內容可以演了嗎？

忍笑忍到臉都漲紅了的惠惠問她：

「我都不知道達克妮絲也有每天必做的例行公事呢。不就和我的一日一爆裂一樣了。」

「是、是啊，我們兩個一樣呢！」

略顯自暴自棄的達克妮絲拿出寶石，仔細欣賞了起來。

「原來達克妮絲有那麼奇特的興趣啊，真是令人意外。回到鎮上我得好好宣傳才行。」

「好喔，阿克婭，晚一點我有話跟妳說。」

為了不讓阿克婭回去亂說話，達克妮絲如此出言牽制，就在這個時候。

「呃，好快！喂，達克妮絲，後面後面！」

「咦！啊啊！」

原本離得那麼遠的獅虎一眨眼之間就拉近了距離，搶走達克妮絲拿在手上的寶石。

仔細一看，牠的脖子上還掛著一條一看就知道是高級品的項鍊。

正當我因為牠明明是隻怪物還有辦法把珠寶戴到身上而感到佩服的時候，叼著寶石的獅虎瞟了我們一眼……

「獅虎逃走了，我們快追吧！」

「很好，完全依照計畫。」

到此為止的發展都很完美。

我們依照原本的打算，開始追蹤逃走的獅虎。

「吶，和真，獅虎會不會太快了一點啊？憑我的金華火腿也沒有追得上的感覺呢。」

「妳的腿聽起來還真好吃啊。我還以為妳要說的是飛毛腿呢。」

「沒、沒問題，和真應該有什麼主意吧。這種狀況你也料到了對吧？」

達克妮絲略顯不安地這麼說，於是我用力點頭。

「是啊，計畫是有點被打亂了。至於該怎麼辦我現在就開始想。」

「那可是我們家的傳家寶之一耶！」

哭喪著臉的達克妮絲，朝著獅虎逃跑的方向衝了過去。

4

找不到腳印之後，我們決定先稍微休息一下。

「完全跟丟了呢。不過沒問題，我還有好幾招，妳放心。」

「真的嗎！你是說真的吧！要是弄丟那個我真的會被父親大人罵！」

除了氣喘吁吁的柏頓以外的人應該都還有餘力再努力一下。

「她說會被父親大人罵耶。達克妮絲真的很喜歡爸爸呢。」

「居然會怕被把拔罵，達克妮絲也有可愛的一面呢。」

「唔……！和真，快說你的下一招是什麼！我該做什麼！」

即使被惠惠調侃得面紅耳赤，達克妮絲卻沒有多餘的心思理她，急著催促我。

「妳先冷靜一點。我的下一招是柏頓先生。身為生物學者的柏頓先生，應該能夠憑藉周遭的痕跡推導出獅虎的巢穴在哪裡吧。」

「喔喔……！」

聽我這麼說，達克妮絲對柏頓投以充滿期待的眼神。

柏頓用力點了點頭。

「嗯，我是很想說包在我身上，但是那種事情我怎麼可能辦得到呢？」

「他這樣說耶。」

「這下要怎麼辦！我們家的傳家之寶啊！」

達克妮絲抓住我的肩膀，用力搖得我搖頭晃腦。

「真是的，真拿妳們沒辦法……雖然我不太想用這招……」

儘管幾乎可以肯定會碰上某些不太妙的狀況，我還是發動了感應敵人技能——

「和真先生——！和真先生——！」

「妳這個笨蛋沒頭沒腦的搞什麼鬼啊！喂，達克妮絲，我會砍斷藤蔓，妳把被纏住的阿克婭拖出來！」

憑著感應敵人技能開始追蹤的我們，朝著最近的反應前進之後……

「這個傢伙是擬寶箱怪的衍生種吧！妳應該感到高興喔，阿克婭同學，我柏頓認定這是新品種的怪物！命名的權利就給妳好了！」

「請等一下，柏頓先生，我想幫牠命名。」

「不要說得那麼悠哉快救我啊！吶，和真的劍術普普通通對吧！而且我幾乎不曾看過你用那把刀耶！」

正當我說出「附近有怪物的反應」的時候，阿克婭已經順手摘下了長在樹上的水果。

就在那一剎那，藤蔓便伸過來纏住阿克婭，狀況就變成現在這樣了。

「沒問題的，相信我吧！我會確實閉上眼睛再砍，這樣就可以靠幸運修正順利完事！」

「哇啊啊啊啊啊啊──！」

我拿著啾啾丸砍過去，纏在阿克婭身上的藤蔓便應聲落地。

「唔，照理來說我是很想當下一個被纏住的人，但是現在必須以追蹤獅虎為優先……！阿克婭，妳沒事吧？和真，前往下一個有反應的地方！」

顯得格外充滿幹勁的達克妮絲把快要哭出來的阿克婭拉了下來。

「我已經想回家了……」

「妳、妳忍耐一下，阿克婭。還有，不要亂碰長出來的東西。」

正當達克妮絲在安撫阿克婭的時候，惠惠兀自開了口：

「這種怪物的名稱就叫阿克婭藤蔓如何？我是從牠華麗地抓住阿克婭的模樣想到的。」

「擬態成樹木的擬寶箱怪型怪物，阿克婭藤蔓是吧。我回去就申請。」

「你要是敢登記成那個名稱我就讓王都下大雨。」

在獲救的阿克婭威脅柏頓的時候，我發動了感應敵人技能。

「好，下一個！」

——在前往感應敵人技能的下一個反應的路上。

「哇啊啊啊啊啊——！」

「沒什麼好怕的，阿克婭同學！那是觸手大鍬形蟲表示親密的行動！」

憑空出現的巨大鍬形蟲突然夾住阿克婭。

「感應敵人技能確實沒有反應。既然如此就表示牠沒有敵意。」

「大概就類似寵物表示親密的輕咬吧。」

既然只是表示親密的行為，我們決定保持觀望，不把牠當作敵人，但是……

「夠了，你也差不多該放開阿克婭了吧！這樣我們要怎麼追蹤獅虎！那麼想夾人的話夾我好了！」

「吶，達克妮絲，再等一下。我覺得再給我一點時間就可以和這個孩子心靈相通了。」

耐不住性子的達克妮絲試圖把阿克婭拖出來，但是阿克婭本人似乎沒那麼討厭被夾住。

等到阿克婭和鍬形蟲培養感情到心滿意足的時候。

「大概是因為我去維茲的店裡都會分她的糖水喝，才被那個孩子喜歡上吧。」

「真是夠了！和真，去下一個地方！」

——和鍬型蟲分開之後又前進了一陣子，感應敵人技能顯示出有東西在樹上。

「牠在耶……」

惠惠輕聲這麼說，眼睛閃現紅光。

樹上架了幾根樹枝，樹枝上面擺了好幾顆寶石。

然後，趴在一旁守著那些寶石的……

「看起來不太像是有所戒備的樣子。到底是怎麼回事呢……？」

柏頓定睛凝視，同時這麼說。

的確，趴在樹上的獅虎明明發現我們了，卻連威嚇行動都沒有。

但是，既然感應敵人技能有反應，就表示牠並不友善。

這時，看見寶石之後眼睛為之一亮的阿克婭大喊：

「放在那裡的寶物當中，我們必須要回來的只有項鍊對吧？既然如此，其他東西平分掉也可以吧？」

「喂，阿克婭，別忘了我們家的傳家之寶。」

話說回來，那隻獅虎為什麼那麼沒有戒心啊？

「即使看見我們還是一點也不緊張呢。或許設有有陷阱。」

獅虎系統的怪物都很聰明。

原來如此，牠是打算讓我們鬆懈下來，再抓準破綻……！

「不，看來牠只是瞧不起我們而已。」

柏頓斬釘截鐵地這麼說。

「……不對不對，上次牠看見我們的時候明明就很害怕吧？而且剛才也是，牠搶走達克妮絲的寶石之後不也逃走了嗎？」

「牠上次怕的是愛麗絲同學。剛才之所以搶了寶石就跑，很有可能是認為你們不是牠的對手，純粹只是把你們丟在那裡罷了……」

惠惠開始詠唱魔法。

「等一下惠惠，項鍊和傳家之寶還在那裡！」

「就是說啊惠惠，眼見那裡有那麼多寶貝，我可不會讓妳施展爆裂魔法！不然那些寶石會全部不見！」

兩人連忙壓制住惠惠，但其實沒那個必要。

因為，現在的惠惠被封印住了。

「妳們稍微冷靜一下。那不是瞧不起我們，牠其實在提防我們。喜歡貓的我看得出來，那個傢伙其實不想和我們起衝突。」

沒錯，其實根本不需要殺牠。

我們的目的是拿回項鍊和寶石。

獅虎系怪物都很聰明。

也就是說牠應該聽得懂人話才對。

脖子上掛著項鍊的獅虎大概是相當喜歡達斯堤尼斯家的傳家之寶吧，在樹上對著那顆寶石又啃又舔，不住把玩。

於是我露出爽朗的笑容試圖讓牠放心，同時表示：

「你放心，用不著害怕。來吧，我給你比寶石更好的東西。你想要肉乾？還是要水果？我跟你交換……」

我傻呼呼地越走越近，結果獅虎突然撲向我。

我在千鈞一髮之際躲過牠的爪尖，接著便看見獅虎靈巧地叼著達克妮絲家的寶石出聲威嚇。

「那個傢伙竟敢攻擊我！該死的畜牲，我明明就這麼友善！……啊！那個混帳剛才打呵欠了！」

「你被牠瞧不起了，和真先生！你肯定被牠瞧不起了！」

這時，正當我們防範的獅虎的時候達克妮絲突然衝了上去。

「把寶石還給我！聽說你是稀有品種所以我不會取你的性命！但你敢抵抗的話……！」

或許是為了讓獅虎為之卻步吧，達克妮絲高高舉起劍，但是獅虎立刻往後一跳，讓她抓不準間距。

獅虎沒有放過這個破綻，出招反擊，前腳一揮便反讓達克妮絲倒下，更壓到她身上去。

「啊啊啊！唔，區區的野獸竟敢……！住、住手……！」

「還說什麼『如果你敢抵抗啊』咧，結果三兩下就被撂倒，還被壓得那麼開心！喂，惠惠，我現在就解開妳的封印！」

聽我這麼說，惠惠一臉訝異，渾身顫抖。

「！這個時刻終於來臨了嗎……和真也總算有所覺悟了是吧……」

她說得很誇張，但不過是用「Drain Touch」把我吸走的魔力還給她罷了。

「吾以佐藤和真之名命令汝！對魔王軍用改造人，紅魔族惠惠！吾在此許可汝行使爆裂魔法！」

「沒辦法了。我會承認你是吾之主人乖乖聽你的話，就只有這一次而已喔。長久以來遭到封印的吾之力量。現在正是公諸於世的時候！」

「你們兩個好像玩得很開心耶。也讓我參一腳嘛。」

引導世界走向終焉的野獸——惠惠被放到世界上來了。

在此同時，她立刻開始詠唱魔法，而就在這個時候。

「吶，和真，獅虎似乎嚇了一跳呢。牠好像在害怕解開封印之後的惠惠的力量呢。」

聽阿克婭這麼說，我看了過去，只見視線落在惠惠身上的獅虎瞪大了眼睛，顯得相當困惑。

怪物難以區分人類的長相，都是靠魔力識別對象。

大概是因為惠惠開始詠唱魔法導致魔力外漏，讓牠到現在才發現對方是之前讓自己陷入危機的冒險者吧。

「達克妮絲，把那個傢伙掛在脖子上的項鍊搶走！然後惠惠就發出爆裂魔法！」

為了先達到搶回項鍊的目的，我大聲對著被獅虎壓倒在地上的達克妮絲做出指示。

「但、但是我雙手都被壓住，即使想抵抗也無計可施……」

「不要說得有點高興的樣子好嗎！妳真的有在抵抗嗎！」

我為了支援達克妮絲而衝向獅虎。

「等、等一下！惠惠同學應該知道吧，那是瀕危物種……！」

「上次就是因為你這麼說才讓牠逃掉！這次我要確實了結牠！」

沒有理會不知道在吵鬧什麼的兩人，我對阿克婭大叫：

「阿克婭，只要一瞬間就可以了！妳有辦法吸引那個傢伙的注意嗎！」

「我知道了！交給本小姐吧！」

阿克婭回應的語氣聽起來格外有力，讓我肯定她絕對會失敗。

「接下來我要對那個傢伙施展偷竊技能！我想應該會高機率搶到國寶項鍊吧！惠惠就趁那個瞬間轟飛獅虎！」

聽我這麼說，柏頓露出驚訝的表情放聲慘叫。

「等一下，這樣一來達克妮絲同學會怎樣！」

「會非常開心！」

我衝到達克妮絲身邊之後，獅虎將視線轉往我這邊。

「等等和真，這樣國寶項鍊確實能夠獲救！但是達斯堤尼斯家的傳家之寶……」

「那個妳就放棄吧！如果被妳老爸罵了，我就把佐藤家的傳家之寶給妳拿去代替！」

我一面對達克妮絲回嘴，一邊將這一刻起變成了我們家的傳家之寶，有著奇怪名字的愛刀拔了出來——！

「阿克婭，就是現在————！」

「必殺才藝，鏡花水月！」

獅虎沒有理會打算用某種宴會才藝吸引牠注意的阿克婭，奮力往後一跳。

「『Steal』——————！」

雖然被牠採取了迴避行動，不過看來牠勉強還在偷竊技能的有效範圍之內。

我緊握的手中，有著在各種意義上都沉重又昂貴的項鍊。

而且因為獅虎從達克妮絲身上跳開，拉開了一點距離。

這樣一來即使施展爆裂魔法，我們也不太會身受其害。

「惠惠，動手！」

就在我大聲下達指示的時候。

「等一下！惠惠同學應該知道吧，水晶獅虎可是瀕危物種啊！」

惠惠瞄了柏頓一眼，但隨即又定睛直視獅虎——

「水晶獅虎原本應該很乖巧才對！食物的取向也是草食性，特別喜歡吃枸杞！能不能至少控制在嚇跑牠的程度……！」

柏頓拚命呼喊，但是惠惠從平常就放話說，如果是為了經驗值，即使目標是看起來很恩愛的大蔥鴨夫婦她也下得了手。

解開封印的爆裂魔道士，事到如今當然不可能收回魔法——

「『Explosion』————！」

或許是感覺到爆裂魔法發動時的強大魔力了吧。

目不轉睛地注視的惠惠的獅虎待在原地，動也不動——

「哇啊啊啊啊啊啊啊！我的寶物啊————！」

阿克婭的慘叫響徹雲霄。

爆裂魔法從獅虎身旁飛過，射進後方的巢穴裡，將堆放在裡面的大量寶物全都炸得一乾二淨——！

終章

回王都的路上。

被和真揹在背上的我正在挨阿克婭的罵。

「真是的。惠惠真是的。真沒想到只有爆裂魔法這麼一個優點的惠惠居然會瞄不準。要是連爆裂魔法都沒了，惠惠不就只剩下一個惠字了嗎！」

「我有很多想抗議的地方，不過最不能接受的就是爆裂魔法占了一個惠字的部分。我覺得多占掉第二個字的一半也無所謂。」

「這樣爆裂魔法的比重會比惠惠本體還要多吧，妳無所謂嗎？」

獅虎在巢穴遭到破壞之後動也不動，觀察了我們好一陣子。

然後，失心瘋發作的柏頓突然開始說服獅虎，獅虎也不知道在想什麼，還真的輕輕放下叼在嘴裡的傳家之寶，接著便逃逸無蹤——

「話說回來，那隻水晶獅虎還真是奇特呢。簡直就像是聽得懂我們說的話似的！」

成功保住獅虎一命的柏頓喜出望外地大聲這麼說。

應該說，牠看起來真的聽得懂。

我們告訴牠，因為這裡離王都很近，這樣下去總有一天會遭到獵殺。

還說只要牠把嘴裡的寶石還給我們，我們就不會危害牠，諸如此類——

而獅虎在聽我們說這些的時候，視線都沒有離開過我……

「我總覺得好像在哪裡見過那個傢伙……不過我們和初學者殺手也算是很有緣分，或許只是看見長得很像的獅虎系怪物，而覺得很熟悉罷了吧。」

揹著我的和真歪著頭，語帶疑惑地這麼說。

「和真先生的人面再怎麼廣也該有個限度吧？認識惡魔和不死者還不夠，現在終於連野生動物都不放過了啊？」

「會對野生動物有興趣的頂多只有達克妮絲了吧。」

聽和真這麼說，將傳家之寶的寶石小心翼翼地抱在懷裡的達克妮絲表示：

「光、光是能夠拿回傳家之寶，我對這次冒險就已經很滿足了……應該說，除此之外這次我也玩得很開心。結束之後回顧起來，說不定我是得到最多好處的一個人呢。」

「妳這次只有被獅虎推倒而已啦。說不定比什麼都沒做的阿克婭好一點就是了。」

在和大家一起完成了冒險之後，即使是耗盡魔力的倦怠感也很舒服。

「等一下喔。我表演了宴會才藝，成功達成了吸引注意的作用喔。達克妮絲就看我的才藝看得目不轉睛。」

「誰要妳吸引達克妮絲的注意了。」

「不，和真，話不能這麼說，那招才藝真的很厲害。回家之後最好叫她表演給你看。」
大概是耗盡魔力的倦怠感害的吧，我越來越想睡了。
「不過各位，這次我也要感謝你們。原本生態成謎的水晶獅虎，現在我們知道牠們可能聽得懂人話了。光是這點就可以說是很大的成果了吧！」
在達克妮絲之後，心情大好的柏頓也略顯興奮地這麼說。
「吶，柏頓教授。我原本期待的寶物都沒了，所以回到王都之後你再幫我簽名吧。相對的，大叔想聊什麼我都聽。」
「好啊好啊，簽名那種東西要多少我都簽！這樣啊，妳想跟我聊天啊！獅虎種的大便普遍都是黑色的，其實和水晶結晶底下的原本的皮毛的顏色有關係！」
在阿克婭的慫恿之下，柏頓興高采烈地打開了話匣子。
「喂，阿克婭，妳不是已經要過簽名了嗎？」
「因為他好像是名人，簽名再怎麼要都不嫌多吧？如果他的簽名可以賣到很高的價錢你要怎麼辦？」
「不怎麼辦。」
一邊聽著他們的對話，我一邊想著那個時候我為什麼故意將爆裂魔法射歪。
啊啊，對了，是枸杞。

因為我聽到柏頓說水晶獅虎喜歡吃枸杞，讓我想起過去曾經和一隻草食性的初學者殺手變成朋友。

以前有隻初學者殺手在阿克塞爾被貴族抓了起來，而我因為種種因素救了牠……

那隻紅色眼睛的初學者殺手現在不知道過得好不好？

我總覺得，今天遇見的獅虎隱約有點像當時的初學者殺手。

是不是喜歡吃枸杞的獅虎，長相也會變得很相像啊？

「對了，妳們什麼時候要拿項鍊去還給愛麗絲？只有妳們去讓人太不放心，所以我也跟定了。」

「那種話等你禁止進入王都的命令解除了之後再說。我自己會拿去還給愛麗絲殿下。」

「啊！妳這個傢伙想獨占所有功勞是吧！我絕對也要跟到底，還要聽到愛麗絲說兄長大人好厲害，讓她稱讚我。」

「你、你這個傢伙……」

聽著大家喧鬧的聲音，我再次回顧今天發生的事情。

有阿克婭被弄哭的哭聲、有達克妮絲的嬌喘，又有和真的怒吼，一如往常的冒險。

和芸芸還有愛麗絲她們一起去冒險固然開心，但是我好像還是比較適合這個廢柴小隊。

而且，這個小隊到處都是漏洞，沒有我撐著怎麼行呢。

「話說回來，我還是這樣覺得啦，這個小隊果然沒有我不行呢。拿回項鍊的獎賞要多分我一點喔。」

「妳這個傢伙只有表演才藝好嗎？要說的話，這個小隊應該是沒有我就不行才對吧。今後妳們要多感謝我一點。」

「雖、雖然沒有太搶眼的表現，不過我敢說自己才是撐起這支小隊的幕後英雄喔！」

……芸芸曾經這麼說過。

越是有問題的人，越容易認為自己才是最正常的一個。

不過話說回來，冒險者果然就應該出門冒險。

這樣才可以和今天一樣，遇到意外的事情和開心的事情。

還有令人感到懷念的事情等等……

「和真、和真……」

「怎樣？話說妳要在我背上睡著是無所謂，但千萬別流口水喔。」

這個男人。

「我才不會流口水呢。我只是想說，明天我們大家再一起去冒險吧……」

「我才不要。再說，妳還有那個閒情逸致說那麼悠哉的話嗎？不要忘了喔，回去之後妳還有事情要做喔。妳可是親口說了什麼事情都願意做喔。還有，我看妳自己大概沒發現所以我就告訴妳吧，在我揹睡著的妳的時候，妳大概有三成左右的機率會流口水。」

人家難得感謝他，為什麼這個男人總是可以隨手破壞掉氣氛啊？

「話說回來，那隻獅虎為什麼一直看著惠惠啊？牠的眼神像是在看什麼罕見的東西似的，一直注視著妳……」

也不知道我心裡在想什麼，和真彷彿自言自語般地這麼說。

算了，他好久沒像今天這樣陪我冒險了，還是別抱怨吧。

明天，我要拿他幫我搶回來的項鍊去還，然後——

「吶，達克妮絲，妳不覺得和真先生現在的心情算是比較好的那邊嗎？是不是應該趁現在坦承我昨天闖的禍啊？」

「慢著，阿克婭，再稍微觀察一下狀況。最好的時機是拿項鍊去還給愛麗絲殿下，讚揚到他心花怒放的時候。」

「妳們剛才說了什麼？這麼說來妳們今天早上說過阿克婭好像闖了什麼禍對吧！」

然後——

「說到水晶獅虎，我記得還有這種說法。雖然是大多學者都不支持的少數派學說……不過有人覺得，初學者殺手當中有些喜歡吃枸杞的怪胎，而水晶獅虎其實是枸杞當中造成澀味的成分在牠們身上結晶之後的模樣……」

「吶，大叔，獅虎的話題我快要聽膩了耶。」

在和真背上感覺著走路的震動——

我想像著明天也是去冒險的一天，沉浸在舒適的睡意之中——

後記

感謝您這次購買《續・為美好的世界獻上爆焰！2》。

首先要向各位讀者道歉。

原因是這一集當中登場的水晶獅虎，其實是在相當前面的集數的店鋪特典所收錄的短篇小說，〈紅色眼睛的初學者殺手〉當中登場的初學者殺手進化而成的怪物。

沒有看過那篇店鋪特典的讀者可能會沒什麼頭緒，真的非常抱歉。

照理來說將特典當中的題材用在書籍裡面實在不太好，但那是我個人很喜歡的一個插曲所以就拿出來用了，對不起。

姑且為沒有讀過特典小說的讀者說明一下，那是描述一隻被貴族抓住的草食性初學者殺手的外型讓惠惠深受吸引，於是她每天去看被關在籠子裡的初學者殺手，久而久之產生了感情，於是放走了初學者殺手的故事。

初學者殺手定位在雖然不會說話，但是智能比阿克婭還要聰明的位置，所以牠一定躲到森林深處去過著安穩的生活了吧。

接著是宣傳。
美好世界劇場版的標題正式決定為〈紅傳說〉了。
既然有個紅字，內容當然是種族名有個紅字的那些人這樣那樣的故事。
然後，《このすばTRPG》也將在三月二十日上市。（註：此為日文版資訊）
這項商品還附贈我和幾位作家一起實際玩過TRPG的遊玩紀錄，有興趣的讀者請務必參考看看。
又是電影又是音樂會又是TRPG，多元媒體發展得還真龐大。
聽說《OVERLORD》、《幼女戰記》、《Re:從零開始的異世界生活》、《為美好的世界獻上祝福！》等四部作品的跨界動畫《異世界四重奏》也已經開始錄音了，這部作品也敬請期待！
然後，由我擔任原作的漫畫《萌獸寵物店》這次也決定動畫化了。
好耶！
這部作品我之前也介紹過，是蒙面摔角手被召喚到異世界之後這樣那樣的故事。
如果有還沒看過的讀者願意看一下的話，作者會很開心的。

——該怎麼說呢，各方面的發展已經太過廣闊，感覺就連作者也無法完全掌握，不過今後也請各位繼續關心和真他們的冒險。

雖然不知道惠惠所期望的那種像樣的冒險究竟會不會有實現的那一天……

如此這般，為了這一集能夠像這樣順利出版在此致謝。

首先是插畫家三嶋くろね老師，感謝您也為這一集提供了美麗的插圖。

然後是責任編輯I先生、美編與校閱、業務，還有其他參與本書製作的各位相關人員，這次也給各位添了各式各樣的麻煩，這裡在表達歉意的同時，也請讓我說聲感謝。

還有最後，向所有拿起本書的讀者，致上最深的感謝！

暁　なつめ

後　記

黏著惡魔的愛麗絲好可愛！

國家圖書館出版品預行編目資料

為美好的世界獻上祝福!外傳. 續, 為美好的世界獻上爆焰!. 2, 任性鬼剋星 / 暁なつめ作 ; kazano 譯.-- 初版. -- 臺北市 : 臺灣角川, 2020.01

面 ;　公分. -- (Kadokawa fantastic novels)

譯自 : この素晴らしい世界に祝福を!スピンオフ. 続, この素晴らしい世界に爆焔を!. 2, わがままバスターズ

ISBN 978-957-743-513-2(平裝)

861.57　　　　　　　　　　108019523

Kadokawa
Fantastic
Novels

為美好的世界獻上祝福！外傳
續・為美好的世界獻上爆焰！ 2
任性鬼剋星

（原著名：この素晴らしい世界に祝福を！スピンオフ 続・この素晴らしい世界に爆焔を！ 2 わがままバスターズ）

2020年1月31日 初版第1刷發行
2024年8月16日 初版第3刷發行

作　者：暁なつめ
插　畫：三嶋くろね
譯　者：kazano

發行人：台灣角川股份有限公司
總　監：呂慧君
總編輯：蔡佩芬
主　編：林秀儒
副主編：楊鎮遠
設計指導：陳晞叡
美術設計：李思穎
印　務：李明修（主任）、張加恩（主任）、張凱棋、潘尚琪

發行所：台灣角川股份有限公司
地　址：104台北市中山區松江路223號3樓
電　話：（02）2515-3000
傳　真：（02）2515-0033
網　址：www.kadokawa.com.tw
劃撥帳戶：台灣角川股份有限公司
劃撥帳號：19487412
法律顧問：有澤法律事務所
製　版：尚騰印刷事業有限公司
ＩＳＢＮ：978-957-743-513-2